PHYSIOLOGIE

DU

COIFFEUR

Paris. — Imp. VALLÉE et Cie, 15, rue Breda.

L. LEMERCIER DE NEUVILLE

PHYSIOLOGIE
DU
COIFFEUR

PARIS
POULET-MALASSIS, LIBRAIRE-ÉDITEUR
Rue Richelieu, 97.

1862

PRÉFACE

Si je n'en faisais pas? Qu'en dites-vous?

PRÉAMBULE

C'est que vous croyez avoir affaire à quelque barbier de village et qui ne sait manier que le rasoir...

(Barbier de Séville.)

Non, non, les temps sont bien changés, ami lecteur, et les barbiers aussi ; si tu veux, nous allons faire ensemble une petite excursion chez les *tonsores*, les *mires*, les *barbiers-perruquiers*, les *fraters* de notre époque, et tu verras que je ne te mens point.

Du reste, je dois t'avouer que j'ai fait cette étude d'après nature. Pour étudier le barbier, je me suis fait racler la peau tous les jours, à toute heure, un mois durant. Pour étudier le coiffeur, je me suis fait, tous les soirs, *ornemaner* les rares cheveux que je possède.

Je suis allé à la messe de Saint-Louis, patron des coiffeurs. — Si je ne me trompe, les barbiers, jadis, avaient choisi saint Côme et saint Damien.

Bref, s'il me reste encore un cheveu, si je n'ai pas le cou coupé, ce n'est pas ma faute... et comme je redoute l'effet des révélations contenues dans cette étude, je fais serment que, du jour où elle paraîtra je laisserai pousser ma barbe et mes cheveux.

Ceci dit, lecteur, laissez-vous passer la serviette au cou et le blaireau sur la figure, je commence.

PHYSIOLOGIE

DU COIFFEUR

I

PREMIER COUP DE BLAIREAU

Débarrassons-nous d'abord de la statistique.

Il y a à Paris de 1,600 à 1,700 coiffeurs.

Dans la banlieue (Seine et Seine-et-Oise, y compris Versailles), on en compte 424. — Versailles seul en possède 44.

Dans les départements, il y en a de 800 à 850.

Je ne compte pas les petits barbiers de village, les fraters champêtres, ni les femmes exercées au maniement du rasoir.

Comme on le voit, Paris est le véritable centre de la raserie et du confortable pileux!

Sur ce nombre de 1,700 coiffeurs, il y en a :

300 qui mettent de côté de 2,000 à 2,500 fr. par an, — en ne mangeant pas des melons au mois de janvier ni du raisin au mois de juillet.

1,000 qui font à peine leurs frais.

400 qui vivent au jour le jour.

Cette profession ne conduit donc pas à l'opulence.

Et cependant il y en a qui se font coiffeurs par vocation.

Je parlerai tout à l'heure de la vocation;

ce que je tiens à constater pour le moment, c'est :

1° La futilité de la profession,
2° Son importance relative,
3° Son importance réelle.

Tournez la tête et la page, et mon blaireau va fonctionner.

II

SECOND COUP DE BLAIREAU

Rien de plus futile, à mon sens, que la profession qui a pour but l'ornementation extérieure de notre individu. Ses conceptions — sans cesse modifiées par la mode — sont nécessairement éphémères ; — elles appartiennent, si l'on veut, à l'histoire *plastique* d'une époque, elles peuvent même avoir une certaine importance sur les événements, mais ce n'est qu'une cause indirecte, qu'un prétexte dont les hommes sérieux auraient tort de se préoccuper.

Il fut une époque où les poëtes étaient chevelus et les critiques blonds; aujourd'hui on est poëte quoique chauve, et critique quoique brun.

Dans l'histoire mnémonique du monde, pour rester à la portée de toutes les classes, on procède *a minimis*.

Cependant, — comme je l'ai dit plus haut, — la profession de barbier-tondeur a son importance.

Sous les Gaulois, le barbier remplissait l'office de bourreau secondaire :

— Il rasait le criminel.

— Il tondait la femme convaincue d'adultère.

— Il se tenait à la porte du cloître, et c'était souvent sur une tête royale, — au temps des maires du palais, — que s'exerçait son ministère.

Un exemple, que je trouve par hasard dans un article d'Alphonse Karr :

Louis VII, roi de France, avait pour favori Pierre Lombard, évêque de Paris. Un jour, se basant sur quelques mots des saintes Écritures, le prélat conseille au roi de couper ses cheveux et de raser sa barbe.

Le roi obéit au prélat, et le barbier-tondeur, d'un coup de ciseaux et d'un coup de rasoir, fut cause d'une guerre qui dura trois cents ans et coûta à la France trois millions de Français — et plus de trois millions d'hommes à l'Angleterre.

Développons.

Louis VII, rasé, fut trouvé ridicule par sa femme, Éléonore de Guienne; — celle-ci le trompa... vigoureusement. Louis VII la répudia. — De là, par des événements successifs qu'il serait trop long de rapporter ici, les Anglais firent la guerre à la France de 1150 à 1450.

Quant à l'importance réelle du coiffeur, elle est incontestable. Voyez quelles professions s'y rattachent directement :

Les fleuristes,

Les fabricants de fleurs artificielles,

Les fabricants de rubans,

Les fabricants d'épingles,

Les fabricants de peignes,

Les marchands de cheveux,

Les marchands d'écailles,

Les parfumeurs,

Les chimistes,

Les marchands de diamants,

Les marchands de perles,

Les bijoutiers,

Les brossiers,

Les fabricants de bustes en cire,

Les couteliers,

Les fabricants de cuirs à rasoirs,

Les fabricants de fauteuils et chaises mécaniques,

Les marchands de lavabos-toilettes,

Les marchands de glaces.

Etc., etc.

Sans compter que les tailleurs, les modistes, les couturières, les lingères, les chapeliers, etc., sont forcés de marcher d'accord avec cette profession.

Maintenant, lecteur, le plus fort est fait.— La partie technologique est terminée. Nous allons entrer dans la physiologie, l'observation et la critique.

Attention. J'affile mon rasoir.

III

DE LA VOCATION

Ne riez pas! De même qu'on naît poëte, on naît coiffeur. Seulement, il arrive quelquefois qu'on se trouve dévoyé; mais il est facile à l'observateur de retrouver un coiffeur égaré.

Tenez, voici une histoire probante.

M. Bertrand (bien entendu, je cache son vrai nom), M. Bertrand, dis-je, adorait la femme d'un adjoint au maire. Ceci se passait dans une petite ville de Bretagne, où notre héros mangeait à grandes guides une vingtaine de mille livres de rentes.

L'adjoint adorait sa femme et en était tellement jaloux que, pour ne jamais la quitter, il faisait venir chez lui le maire de la commune lorsque celui-ci avait besoin de lui. — Les mariages, les décès, les questions d'intérêt local, les ordonnances de voirie, tout était formulé et discuté dans la maison de l'adjoint, en présence de sa femme.

Bertrand soupirait donc infructueusement. Mais c'était un original, très-fat, très-beau garçon, très-bête et très-ignorant ; il avait tout ce qu'il faut pour réussir.

Il alla chez son coiffeur et fit prix avec lui pour apprendre son métier. Pendant un mois, il rasa les paysans et tordit le chignon des fermières ; il acquit bientôt dans le poignet une telle légèreté, que son patron l'employa à sa clientèle de ville.

Le mois suivant, Bertrand était réellement supérieur. Il vous abattait une barbe en une minute, et une coupe de cheveux en un quart d'heure. Le patron se fit alors suppléer par lui pour les coiffures à domicile.

Le lendemain, Bertrand coiffait la femme de l'adjoint... celle qu'il adorait.

Quelle émotion !

Elle dura huit mois ! Huit mois de coiffure et d'amour ! Mais la situation ne tenait qu'à un cheveu ! Bertrand avait compté sans la jalousie du mari et la non-complicité de la femme.

Un jour, l'adjoint, en furetant, trouva une papillote *douteuse*, il la ramassa, l'ouvrit et y lut les vers suivants :

A ELLE !

Ah ! quand sur tes cheveux je passe mes doigts gras,
Je tâche d'infiltrer dans ta tête charmante
Un amour insensé que tu ne ressens pas !
... O douce bandoline, es-tu donc impuissante !

Ce crépé que je mets sous tes longs bandeaux bruns,
Est plein de mes soupirs et de mes espérances ;
Et cette natte fausse où rampent les parfums
De mon cœur ulcéré contient les doléances.

Des élans de mon cœur guides mystérieux,
Crépé, nattes, bandeaux, contez-lui mon martyre...
... Mais, peut-être, cruelle ! ôtes-tu tes cheveux,
Au moment où tu sens tout ce qu'ils vont te dire !

Le lendemain, quand Bertrand se présenta, l'adjoint le mit à la porte.

Un an après, Bertrand, ruiné, se faisait coiffeur pour tout de bon.

Qu'on dise après cela que l'amour ne mène pas à tout.

Il y a certains gandins qui adorent le maniement de la brosse et de la pommade... coiffeurs !

Et ceux qui décoiffent leurs maîtresses?...

Et ceux qui se font friser la barbe en rouleaux?

Et les bouchers ? — Ceux-là n'ont pu résister : ne sachant pas peigner les hommes, ne pouvant pas coiffer les veaux, ils se dédommagent en vendant de la moelle de bœuf.

Coiffeurs ! coiffeurs !

Le Midi fournit beaucoup de sujets à cette profession, et cela se conçoit : outre l'habileté et le goût, elle exige énormément de loquacité.

Giovani est Italien, Figaro était Espagnol ; en cherchant bien, j'en trouverais beaucoup qui sont Marseillais.

Le coiffeur ne change jamais de profession. Il tient à son état ; il l'appelle un art ! Il a peut-être raison.

V

BARBIERS ET COIFFEURS

Maintenant, si vous le voulez, nous allons procéder par classification.

Il y a deux sortes de coiffeurs : le *barbier* et le *coiffeur de dames*.

Ils sont très-distincts, et, bien que leurs intérêts soient communs, ils n'ont ensemble que des rapports purement individuels.

Il y a tout un monde de la barbe aux cheveux !

Commençons par le barbier et installons-le.

V

UNE BOUTIQUE DE COIFFEUR

peut se monter sans trop de frais. Une fois établie pour la profession, c'est-à-dire meublée et ornée, les marchandises spéciales se trouvent facilement. Gellé ou Pinaud vous la garnissent de parfumeries sans demander un sou d'avance. Ce qu'ils veulent, n'est pas un règlement immédiat, c'est surtout la vente de leurs produits. Six mois après, ils viennent s'enquérir de vos besoins, renouveler votre provision, régler votre compte si vous n'avez pas su vendre, et augmenter votre crédit, si par votre intelligence vous avez écoulé leurs produits.

J'appellerai ce système la *Publicité utilitaire.*

Les produits de ces parfumeurs ont, d'ailleurs, une incontestable supériorité. Citer la *Crème d'ananas* et la *Pâte de velours*, c'est indiquer les tendances lénitives et succulentes de leurs compositions.

Ah ! Bully est bien détrôné !

Allez chez le moindre coiffeur et demandez du vinaigre de Bully, on vous renverra chez l'épicier : le vinaigre du jour est framboisé à la violette !... Bully !... les nez ont bien changé !

Du reste, aujourd'hui, les cosmétiques ont

des appellations vraiment poétiques et fantaisistes.

Il y a pour les dents : le *Carboquinarose!*

Pour teindre les cheveux : la *Nigritine.*

Pour les nettoyer : la *Céphaline* et l'*Amandolisse.*

Que dites-vous du *Cold-cream au lotus de Libye?* Et du *Dento-Gencival ?*

Je m'arrête :

Timeo RECLAMAS *non* dona ferentes.

La boutique garnie de cosmétiques l'est bientôt de cravates, faux-cols, gants, etc.

Il n'y manque plus que

VI

LA CLIENTÈLE

Celle-ci se trouve dans le quartier ; mais surtout dans l'intelligence du coiffeur, dans son caractère, dans son allure, dans sa gaieté.

Jamais un muet ou un hypocondriaque ne fut bon coiffeur et surtout bon barbier.

Je vais prendre, par exemple, Demange, rue Vivienne.

En 1848, Demange trouve ce local bon à exploiter, il le loue à un prix très-minime, 3,600 francs par an, je crois, et fait un bail très-long. A cette époque, ce n'était pas l'argent qui courait les rues; il fallait donc débuter dans les bas prix.

Demange decrète la coupe de cheveux à 30 centimes, puis il assemble ses ouvriers et ses aides, et leur fait à peu près le discours suivant :

« — Messieurs, nous sommes dans des moments difficiles, où l'association est indispensable ; si vous le voulez bien, nous serons associés. Je vous garantis deux francs par jour ; moi qui ai quinze mille francs de loyer, j'ai besoin de faire d'abord mes frais, quant aux bénéfices, ils n'excéderont guère les vôtres, mais pour cela il faut arriver au résultat suivant :

» Tout employé qui n'abattra pas par heure douze barbes ou quatre coupes de cheveux sera immédiatement congédié. — C'est dans l'intérêt de tous ! — Vous procéderez ainsi : pour la barbe, coup de rasoir léger et spontané, vous ne la *repasserez* pas et coifferez sans pommade ; pour la coupe de cheveux, vous séparez d'abord la tête en quatre parties égales : l'une partant du front à la nuque, l'autre de l'oreille droite à l'oreille gauche. Ceci fait, vous avez quatre mèches que vous coupez simultanément d'un vigoureux coup de ciseaux. Vous peignez et émondez vivement les mèches rebelles ; vous *sirotez* avec activité et c'est fini. »

Ceci s'appelle la *coupe Demange*.

Demange a aujourd'hui deux maisons à Montmartre. Il n'*opère* plus *lui-même*.

Le successeur de *Delignoux*, place de la

Bourse, a un autre *truc :* il se retire par les frictions.

Pendant l'opération de la coupe ou de la coiffure, il se passe la scène suivante :

L'ouvrier donne exprès au client un coup de peigne qui le fait crier :

— Faites donc attention! Vous me faites mal.

— C'est que monsieur a beaucoup de pellicules. C'est la maladie du cheveu; dans six mois, monsieur, vous serez chauve si vous n'y prenez garde. Vous nettoyez-vous souvent, monsieur?

— Mais sans doute.

— Alors le mal est plus grand que je ne pensais; tenez, voyez, vos cheveux tombent, et comme c'est par maladie, ils ne repousseront plus; je vais vous faire une friction.

— Du tout, c'est inutile; je n'ai pas le temps.

—C'est indispensable, cependant; je ne puis pas vous mettre de pommade sans cela. La pommade nourrit le cheveu quand le cheveu est bien portant; mais elle ne saurait détruire les pellicules: au contraire elle les colle au cheveu...

— Allons, faites-moi une friction, mais faites vite !

— En un instant c'est enlevé.

La friction faite, le client ne sort pas sans avoir acheté : 1° de l'eau pour arrêter la chute des cheveux; 2° une éponge pour l'étendre; 3° une brosse pour enlever les pellicules; 4° un pot de pommade préservatrice; 5° un savon parfumé; 6° de l'eau dentifrice, etc... total dix-huit à vingt francs.

— Que monsieur ne se charge pas de tout cela! Laissez votre adresse au comptoir; on vous remettra vos achats dans une heure!

Et le tour est joué !

J'ignore le nom de l'inventeur de la friction, mais celui-là est homme de génie, car de rien il a su faire sortir quelque chose d'immortel.

Les gens qui se font laver la tête ne mourront jamais !

La recette de cette eau est peu compliquée :

Prenez un seau d'eau.	»	10
De la potasse.	»	50
Un parfum quelconque.	»	40
Total. . . .	1	»

Battez ferme ; une heure après, vous avez une composition antipelliculaire, tonique et rafraîchissante, que vous pouvez vendre

1 fr. 50 le flacon. Le seau d'eau vous donne 200 flacons, et voici le résultat de l'opération :

Composition du fluide.	1 »
200 flacons à 5 c.	10 »
200 étiquettes à 1 c.	2 »
	13 »

Vente de flacons : 200 à 1 fr. 50 chaque, 300 fr.

Bénéfice net : 287 fr. !

C'est gentil, n'est-ce pas?

Vous vous récriez, coiffeurs ; oui, je le sens à ma plume qui vacille... C'est la recette ou ce n'est pas la recette, qu'importe? Cela ne change en rien votre bénéfice, et cela ne nous empêche pas de nous faire frictionner la tête... et le porte-monnaie[1] !

~~~~

Pendant que je parle de la clientèle, il en est un qui a su s'en faire une sans abaisser ses prix et sans faire de frictions ; je veux parler de Galabert.

Galabert est unique. D'un coup d'œil il voit à qui il a affaire : pékin, militaire, artiste, bohême, il devine l'homme sous l'habit. En 1848, il était plus fort : il devinait l'opinion du client. Alors, avec cette élocution qu'on lui connaît, il passait sa journée

[1] Et cependant vous avez l'*amandolisse tonique* et la *céphaline anti-pelliculaire* de Gellé frères, dont j'ai pu, personnellement apprécier l'efficacité.
~~~~

à changer d'opinion. Tour à tour républicain, légitimiste, orléaniste et bonapartiste, il était cependant toujours coiffeur intelligent.

Aussi sa clientèle l'adore.

— Ah ! Galabert, dit un vieux républicain, en voilà un bon, un sûr et qui déteste les tyrans !

— Mais qui aime le roi, ajoute un légitimiste.

—Du moins, il l'aime dans ses fils, réplique un orléaniste.

De tout cela Galabert retire son épingle du jeu, mais ne retire pas son argent de sa caisse.

Prenons maintenant quelques types de coiffeurs barbiers.

VII

LE BARBIER VALET DE CHAMBRE

Celui-là, devenu rare, est le type de l'ancien barbier. Il cause, il rit, il sait les nouvelles, il brosse les habits, les boutonne, donne la canne ou le parapluie, ouvre la porte, en un mot c'est le seul qui *accommode* véritablement le client.

Qu'on ne prenne point l'appellation de valet de chambre dans l'acception servile du mot, je veux dire seulement officieux.

Lasseray fait partie de cette catégorie.

C'est un homme habile, adroit et poli. Il soigne un monde officiel qu'il satisfait pleinement.

Je vais vous raconter son voyage à Rome.

Lors du baptême du Prince Impérial, Lasseray coiffait un grand personnage dont j'ai oublié le nom, mais qui était chargé d'aller à Rome au-devant du nonce du Pape.

Ce grand personnage, une fois coiffé, ne pouvait seul mettre son habit, mais Lasseray était là, et déposant peigne et pommade, il se mit à habiller Son Excellence.

— Eh mais, dit le grand personnage, vous vous y entendez, M. Lasseray, et vous feriez joliment mon affaire dans le voyage que je vais entreprendre.

— Où se rend Monseigneur ?

— Je vais à Rome.

— Ma foi, Monseigneur, je n'ai jamais vu Rome, je veux bien vous accompagner.

Et de fait Lasseray partit avec lui.

A Marseille, l'ambassadeur reçut contre-ordre ; il dut revenir à Paris et confier ses pouvoirs à un autre ambassadeur.

Lasseray apprit ce contre-temps et comme il tenait plus que jamais à voir la ville éternelle, il se présenta à huit heures du matin chez le nouvel ambassadeur.

— Je viens habiller Son Excellence !

— Comment vous ? qui êtes-vous ?

— Je suis le coiffeur de Son Excellence, Lasseray, c'est moi qui ai accompagné jusqu'à Marseille votre prédécesseur et je lui ai été tellement utile que je pense pouvoir vous rendre les mêmes services...

Après le premier coup de peigne et le

second coup de brosse, l'ambassadeur ne résista plus.

C'est ainsi que Lasseray put visiter le Vatican.

VIII

LE BARBIER CHIMISTE

Les coupes de cheveux et les barbes ne rapportent pas assez pour couvrir les frais d'une maison importante, il faut donc adjoindre à cette profession, une autre un peu plus lucrative. C'est ce qui a décidé certains coiffeurs à faire des manipulations chimiques et à rechercher des secrets pour teindre les cheveux, ou blanchir les dents.

Il y a à Paris trente mille personnes au moins qui se font teindre les cheveux ; aussi quand on voit des cheveux blancs, on considère ceux qui les portent comme des albinos et on vérifie s'ils n'ont pas les yeux rouges.

Les teintures ont été le but des recherches des coiffeurs et des parfumeurs, et la *nigritine végétale* me paraît ce qu'on a fait de mieux jusqu'à ce jour.

Pour moi personnellement je déteste les teintures, mais je n'empêcherai jamais ceux qui se teignent de se teindre (et je dois l'avouer ceux-là ne s'en portent pas plus mal), ni les coiffeurs de composer leur eau ; puis je n'ai aucun motif pour nuire à l'*eau Lajeune*, à l'*eau Mexicaine*, à l'*eau de Paris*, à l'*eau de la Floride*, à l'*eau de Jackson*, à l'*eau de Ba-*

hama, à l'*eau de Jouvence*, à l'*eau merveilleuse*, à toutes les eaux passées, présentes et futures, incomparables et uniques qui ne valent pas, à mon avis, l'eau de source dont le chimiste est le bon Dieu.

IX

LE BARBIER COMMERÇANT

Il faut bien vivre, n'est-ce pas, et le barbier commerçant m'en voudrait si je venais aussi lui reprocher de vendre des faux cols, des chemises, des gants, des cravates, des cache-nez, des fausses fleurs, des résilles, etc.

Le rédacteur du *Moniteur de la Coiffure*[1]

[1] Le *Moniteur de la Coiffure, journal mensuel de l'art du coiffeur*, entre dans sa quatrième année. Il fut fondé par M. Croisat, qui le rédigea pendant deux ans, et

(car les coiffeurs ont aussi leur journal), M. Loisel, coiffeur de dames, m'en voudrait aussi si je venais blâmer le conseil qu'il donnait dans un de ses derniers numéros :

« Nous connaissons, dit-il, en tout et pour tout, une vingtaine de maisons hors ligne

M. Henri Picart, qui, encore maintenant, en est le directeur propriétaire. Depuis un an seulement M. Loisel en est le rédacteur en chef.

J'ai parcouru la collection de ce journal et je dois dire qu'au point de vue technique il est réellement rempli d'intérêt. Entre autres articles, j'ai remarqué : une *Étude sur les fards*, l'*Histoire des perruques* et l'*Histoire des parfums*. A côté de ces articles de fond il en est d'autres qui défendent chaudement les patrons et les ouvriers contre l'exploitation des bureaux. Un artiste de talent M. *Rigolet* est chargé de dessiner les coiffures inventées par M. et Mme Loisel et d'autres professeurs. Je ne crois pas trop le vanter en disant qu'il est le seul qui puisse ainsi réunir l'exactitude, la clarté et le détail des accessoires, à la grâce et à la pureté du dessin.

dont les propriétaires gagnent beaucoup d'argent, et cependant la coiffure n'est pour eux que chose accessoire. Pourquoi ? C'est qu'ils ont le bon esprit d'être non-seulement des coiffeurs de mérite, mais encore des marchands intelligents.....

» Pourquoi n'aurions-nous pas des coiffeurs-tailleurs, à l'exemple de celui de la rue de la Paix, dont l'établissement a été vendu cent mille francs? Pourquoi n'aurions-nous pas des coiffeurs-chemisiers, qui tiendraient tous les articles se rattachant à leur spécialité, tels que cols, cravates, chemises, bretelles, etc. ?

» Sans doute, ces établissements dont nous parlons existent déjà, mais, nous ne saurions trop le répéter, le nombre en est trop restreint. »

Diable ! diable ! M. Loisel a bien fait de s'arrêter, car si un beau jour nous avions les coiffeurs-marchands de vins et les coiffeurs-restaurateurs, nous risquerions fort de trouver plus d'une fois du savon dans le vin et des cheveux sur la soupe !

X

LE BARBIER DE LA PRISON

La barbe ne lui rapporte que deux sous, mais... tous les prisonniers ont de la barbe; rien ne la fait pousser comme l'incarcération.

Le barbier de la prison est gai, il apporte les nouvelles du dehors ; quand il connaît bien son monde, plus d'un savon a été enveloppé dans une lettre.

C'est la seule voix du dehors qui rappelle

la liberté ! Oh ! comme la pommade la plus rance est douce à sentir ! Comme les essences les plus éventées semblent parfumées !

Au fond, il a le cœur tendre. Quand il rase le condamné à mort, il fait en sorte que son rasoir ait la douceur du velours, il écoute avec sympathie les doléances du patient, parfois même il verse des larmes.

— Oui, dit le condamné, je suis victime de l'injustice des hommes.

— Qu'avez-vous donc fait? dit le barbier.

— Moi ! rien ! c'est la fatalité qu'a tout fait ! Il y avait une femme de chez nous qu'avait de l'argent, j'voulais lui en emprunter, elle ne voulait pas... dame ! Pourquoi qu'elle n'a pas voulu ?

— C'est juste, dit le barbier, pourquoi n'a-t-elle pas voulu?...

— Alors, moi, ça m'a mis en colère et... quand on est en colère, on ne se connaît pas.

— Oh ! ça non.

— Eh bien, j'ai cogné ! — Il n'y avait pas préméditation puisqu'il n'y avait que huit jours que je guettais le coup. Alors, ma foi, tant pis ! quand ç'a a été fini j'ai pris l'argent ! Dame ! Il était bien à moi puisque la vieille n'avait pas d'enfants et qu'elle était morte !... N'est-ce pas ? L'argent est si dur à gagner, faut pas le mépriser !

— Oh ! pour ça oui ! C'est la colère qui est la cause de tout.

— Eh bien ! ils n'ont jamais voulu admettre cela ; j'ai pas eu de circonstances atténuantes, c'est du guignon !... Prenez garde de me couper... l'*autre* ne serait pas content s'il me voyait détérioré !

Et le barbier sort les larmes aux yeux...,

— Qui sait ? pense-t-il, il est peut-être innocent !

XI

LE BARBIER DE L'HOPITAL

Est moins naïf, mais il a aussi sa petite industrie. Comme son confrère des prisons, ses barbes sont à dix centimes, à charge par lui d'opérer gratuitement des tonsures à la première réquisition des médecins. Cela ne l'enrichit pas, mais il se rattrape plus tard.

Quand son service est fini, vers les deux heures de l'après-midi, il rentre chez lui, se revêt d'une robe de chambre à grands ramages et donne des consultations. — S'il a su se mettre bien avec les internes de l'hôpital, il va même jusqu'à donner des potions... oh! bien innocentes!

Eh bien, il a fait certaines cures qui l'ont accrédité dans un certain monde!

Ses clients l'ont surnommé le *barbier Ricord.*

Décidément, en médecine, il n'y a que la foi qui sauve!

Passons à d'autres types.

XII

LE BARBIER AUX PIERROTS

Spécialité assez curieuse.

Gilmer, rue Phélippeaux, 32, au premier, est un spécialiste dans cette catégorie. Sa clientèle se compose de gens qui ne se lavent jamais : forgerons, charbonniers, claqueurs de certains théâtres, etc. En revanche, ils se font raser, ce qui produit sur leur figure des contrastes de propreté assez particuliers.

Pour éviter ce ridicule, ils demandent alors un *pierrot*, c'est-à-dire une couche de savon appliquée à l'aide du blaireau sur la figure.

Là, — comme chez bien d'autres plus huppés, — la poudre de riz qu'on emploie, n'est autre que de la poudre d'albâtre, cela coûte moins cher, et Gilmer qui manie à la fois le rasoir et l'objectif ne manque jamais d'en enduire ses clients quand ils veulent se faire photographier.

Bon moyen pour n'avoir pas de trop noires épreuves.

Chez Gilmer, on s'essuie à la serviette commune qui est enroulée sur deux bâtons.

Pour les vieillards édentés et tremblotants, dont les joues caves ne permettent pas au rasoir de voltiger légèrement, certains barbiers populaires ont imaginé plusieurs moyens pour tendre leurs joues. C'est d'abord une cuiller, puis c'est une noix, et enfin c'est le pouce.

Dans le quartier Mouffetard, ce dernier moyen est préféré, seulement le client demande que préalablement le barbier trempe son pouce dans du cognac.

Je n'ai rien à dire de l'outil dont on se sert pour raser, dans le quartier Mouffetard, lorsque je songe que les sauvages de la Polynésie, il n'y a pas deux ans, se rasaient avec des culs de bouteilles !!

XIII

LES BARBIERS RUSSES

J'ai reçu des notes assez curieuses sur les barbiers et coiffeurs russes, et, bien qu'il n'entre pas dans mon cadre de faire une physiologie universelle des coiffeurs, je les intercale dans ce petit travail [1].

[1] Elles m'ont semblé si complètes dans leur concision, que je les reproduis telles quelles... — Je les défigurerais en y touchant. (*Note de l'auteur.*)

En Russie, la profession de barbier comprend trois catégories :

1° Les coiffeurs français ;

2° Les perruquiers allemands ;

3° Les barbiers polonais.

LES COIFFEURS FRANÇAIS.

Axiome. — En Russie, dans les grandes villes, bien entendu — Saint-Pétersbourg, Moscou, — tout coiffeur est Français. — Nous trouvons peu de gens d'une autre nationalité parmi les *Bolosochèsi.*

Là-bas, ils sont une puissance; ils ont une importance réelle. La barbe et la coiffure sont une enseigne destinée à attirer les chalands et payée assez chèrement par ceux-ci :

La barbe, — 15 kopecks :

La coiffure, — 15 kopecks.

(Le kopeck vaut 4 centimes.)

Mais le gain réel des coiffeurs s'opère sur la vente des articles nouveautés (articles de Paris), qu'ils tiennent en magasin et font payer cher.

Voici le prix de quelques articles :

Une cravate cotée à Paris 4 fr. — se vend 10 roubles (40 fr.) à Saint-Pétersbourg.

Des boutons de 50 centimes : 1 rouble 1/2 (6 fr.).

Les faux cols, 6 roubles la douzaine (2 fr. pièce), etc., etc.

Chez chacun de ces coiffeurs il y a plusieurs *clercs* français (en France on les nomme *aides*) qui sont payés 25 roubles par mois (100 fr.). — Ils sont toujours engagés pour trois ans.

Le magasin du coiffeur russe est un véritable cercle : on cause, on rit, on parle politique, on échange les nouvelles du jour. Bref, c'est chez lui qu'on sait ce qui se passe.

Person — de la maison Person et Thibaut — de la perspective Newski — coiffeur de S. M. Nicolas, apprit le premier à l'autocrate la révolution de février.

Chez le coiffeur russe il y a de véritables esclaves (*malchiks*, gamins blancs). Ce sont eux qui sont chargés de recevoir les paletots, les galoches, de donner l'eau chaude, d'apporter et de remporter les fers, et, somme toute, comme récompense, de recevoir des coups de pieds au cul !

Engagés pour trois ou quatre ans, au bout desquels on leur a appris à friser une poupée, ils s'en vont comme coiffeurs en titre friser, le matin, les demoiselles de la *Mchins-*

kaya. — C'est le quartier des grisettes de Saint-Pétersbourg.

Le coiffeur russe est toujours bien avec la douane, qu'il sait corrompre. Lorsqu'il vous rase, il vous met un linge blanc sur l'épaule, vous savonne avec du savon à odeur et vous adoucit la peau avec de la poudre de riz... j'oubliais l'important : il vous sourit toujours !

Au bout de dix ans il se retire avec vingt mille livres de rentes bien placées en France, où il fait ses achats.

2° LES PERRUQUIERS ALLEMANDS.

En général, ils parlent peu ou point.

Au physique blêmes, maigres, ayant une barbe rousse et sale.

Au moral, jaloux de leurs confrères français et les méprisant profondément.

A la boutique, rasant sans linge, essuyant le rasoir à leur doigt, muets.

Total 5 kopecks — (20 centimes).

En secret, — entremetteurs d'amour et de larrons.

Bref, bêtes et laids, travaillant seuls et ne faisant jamais fortune.

En Russie, on les nomme des *Nariktachep*.

3° LES BARBIERS POLONAIS.

Halte-là ! nous touchons à la noblesse ! nous touchons à l'excessive vanité !

Comment voulez-vous qu'un gentilhomme polonais, descendant de quelque prince palatin, palatin lui-même, soit un tondeur vulgaire ? non ! c'est un *tzirulnik*. — De ce nom à celui de *chirourg* (chirurgien), il n'y a pas loin. — On peut s'y tromper !

Il a une boutique basse et malpropre située dans un quartier populeux. Sa maison est peinte en bleu. Son enseigne est ainsi conçue :

A droite, une femme que l'on saigne ; à gauche un homme que l'on rase : le tout entouré par une guirlande d'amours.

Le barbier polonais rase quand même. — Il raserait un chien pour un kopeck.

Beau, noble et grand, quand il parle de ses ancêtres, ce personnage devient plat et vil dans l'exercice de sa profession. — Pour deux sous il vous baise la manche !

Pendant que je suis à l'étranger, je ne vois pas pourquoi je ne vous décrirais pas

LE BARBIER BELGE

Un habile, *savez-vous?*

J'en connais un qui rasait le clergé et était en même temps coiffeur du théâtre.

Un chanoine lui fit un jour reproche de donner ses soins aux actrices.

— Que veux-tu, monsieur l'abbé? dit-il au chanoine, si la sainte Vierge se faisait coiffer, je n'irais plus au théâtre!

Le clergé, — assez intolérant dans ce pays, — lui retira sa pratique.

Mon barbier se trouva dans l'embarras, mais pas longtemps, *savez-vous?*

Dans la ville, il y avait un parti protestant. Un beau matin, après avoir préalablement vidé sa boutique et caché ses marchandises, le susdit barbier se rend chez le pasteur.

— Voilà ce que c'est, dit-il. Combien que ça coûte pour devenir protestant? J'ai bien réfléchi *une fois*, et je crois que le protestantisme est mon affaire.

— Mais, mon ami, cela ne coûte rien; une conversion aussi spontanée est un exemple trop rare pour qu'on l'exploite, au contraire; parlez, et si même vous étiez gêné dans vos affaires, nous avons aussi des fidèles charitables...

Il advint ceci, que notre barbier reçut deux cents francs du pasteur, rouvrit sa boutique et se fit protestant.

Trois ou quatre fois il essaya de frapper à la bourse évangélique, mais elle ne rendait plus aucun son; alors, ayant de nouveau dissimulé ses marchandises et fermé sa boutique, le barbier retourna vers le chanoine.

— Ah! mon père, je suis perdu, lui dit-il ; je suis un malheureux, un criminel! Je suis un apostat, et le ciel m'a puni, car je suis ruiné! Oui! j'avais abandonné la religion, et depuis ce temps rien ne m'a réussi. Le ciel me pardonnera-t-il?

Le chanoine s'y laissa prendre ; on rebaptisa le renégat, et une seconde somme de deux cents francs le rétablit dans ses affaires.

Six mois après, le barbier songea à la synagogue ; mais les juifs, qui ne se convertissent pas, ne croient pas aux conversions ; si bien que notre homme resta catholique, et rasa comme devant les comédiens et le clergé.

Je crois inutile de passer ainsi en revue les coiffeurs du monde entier; ils sont tous de la même famille, tous descendants de Figaro. Maintenant, nous allons quitter le barbier et visiter le coiffeur de dames. Ils sont confrères, mais frères, non pas!

Autres clients, autres types.

XIV

LE COIFFEUR DE DAMES

Avant d'esquisser les différents types de coiffeurs de dames, il est utile de poser d'abord le personnage.

Le coiffeur de dames est, en général, jeune, assez beau garçon, poli d'une manière excessive, souvent fat, prévenant et discret.

Il jouit d'une bonne santé, et quand il a

des dents gâtées, il mange de la menthe ou du cachou.

Il ne fume pas avant la fin de la journée.

Il est aussi indispensable à une femme du monde que sa femme de chambre et sa couturière.

D'un autre côté, le coiffeur de dames doit être l'ami intime de la femme de chambre, dont il ne peut se passer ; car si, au théâtre, l'artiste dramatique a besoin tout d'abord des bravos du chef de claque, de même, dans le boudoir, la femme a besoin des compliments de sa femme de chambre ; c'est la pierre de touche de sa beauté du soir, c'est l'éprouvette de la séduction qu'elle doit inspirer.

Le coiffeur commence donc son travail par mettre de son côté la femme de chambre. — C'est un savon parfumé, un flacon de vinaigre, une résille, etc., qui sert de base à ce traité muet, et voici comment il s'exécute :

On sonne, c'est le coiffeur.

— Oh! comme vous êtes en retard, aujourd'hui !

Règle générale, — le coiffeur est toujours en retard, quoiqu'il soit toujours très-exact. — Rien ne fait courir les aiguilles d'une pendule comme l'impatience d'être jolie.

Le coiffeur s'excuse; il dénoue la tresse et dispose à sa proximité tous les engins de séduction. La métamorphose commence.

Croyez-le bien, — et voici où la profession de coiffeur devient réellement un art, il est très-difficile de parer même une jolie tête. Il semble, au premier abord, qu'étant donnés des cheveux naturels, des cheveux postiches, des perles, des fleurs et des rubans, on peut, au bout d'un certain temps, agencer tout cela d'une manière harmonieuse; il n'en est rien.

Il faut avoir d'abord trois qualités innées : la rapidité, la solidité, le goût ; il faut, surtout et avant tout, posséder la confiance de la femme que l'on coiffe ; alors celle-ci livre sa tête avec grâce ; elle donne les épingles, les peignes, les fleurs ; elle sourit à son miroir, elle essaye l'artillerie de ses yeux ; en un mot, elle fait la répétition de sa soirée. Quand la coiffure est terminée, elle dit à sa femme de chambre :

— Comment me trouves-tu, Rosette?

— Madame est ravissante ! (voilà pour le savon) ; madame est fraîche comme une rose ! (voilà pour le vinaigre) ; madame n'a jamais été mieux coiffée ! (voilà pour la résille.)

Alors le coiffeur sourit, prend son chapeau, salue et...

— Ah ! tenez, madame, dit-il, je vous apporte deux produits nouveaux, complétement *inédits :* l'*Eau des harems d'Asie*, pour le teint, infaillible ! et l'*Essence de foins nouveaux*, pour le bain.

Le coiffeur pose les deux flacons sur la table et la dame n'a pas eu le temps de répondre qu'il est déjà dehors.

Car, pour être bon coiffeur de dames, il est indispensable de savoir faire accepter ses produits ; il faut ensuite avoir le tact de n'offrir que ceux qui devront nécessairement plaire : les pommades aux brunes, les eaux aromatiques aux blondes, les vinaigres aux rousses.... et toujours ! oh ! surtout toujours les savons parfumés aux femmes de chambre, brunes, blondes ou rousses.

Je n'exagère pas en donnant cette importance au coiffeur de dames. J'en connais un qui coiffait si bien une dame, qu'elle lui acheta un homme lorsqu'il tira au sort. — Je ne sais pas s'il coiffait aussi le mari...

Maintenant que l'on connaît l'homme, passons aux types.

Ils peuvent se réduire à trois :

Le coiffeur de théâtre, — le coiffeur Bréda, — le coiffeur Vieille comtesse.

XV

LE COIFFEUR DE THÉATRE

Le coiffeur de théâtre m'a toujours fait l'effet d'un roman-feuilleton. Il faut qu'il commence à l'heure et finisse juste. Le vicomte Ponson du Terrail n'est pas plus exact.

Le coiffeur de théâtre est l'Eugène de Pradel de la coiffure : il improvise sur tous les sujets donnés.

Quelle fécondité d'imagination ! quelle science de la mode à toutes les époques! quelle activité! quelle dévouement! Mais, très-franchement, j'admire cet homme qui a le privilége de passer ses doigts sur des têtes du dix-neuvième siècle et de les métamorphoser soudain en Romaines incestueuses, en reines adultères, en fées, en houris, ou bien en simples paysannes!

Aussi, est-il respecté! est-il cajolé! est-il redouté!

Car, voyez les conséquences d'une vengeance!

Une tresse mal attachée, une perruque qu'enlève le chapeau, un catogan mis de travers, du crépé qui ne tient pas, des perles qui se déroulent, des fleurs qui se détachent, etc., etc... et cela, toujours au moment le plus intéressant: la scène d'amour, la scène du duel ou la scène des reconnaissances.

Une *queue* par terre au cinquième acte! Quel dénoûment! Je ne considère le coiffeur de théâtre que comme coiffeur de dames; pour les hommes, il n'est guère qu'un *perruquier*. L'artiste relève ses cheveux et tend la tête; le coiffeur lui pose la perruque frisée, pommadée, en un mot *sirotée* d'avance.

J'emploie exprès le verbe *siroter*, il appartient au vobulaire des coiffeurs. Une tête est bien *sirotée* quand elle a été nettoyée, peignée, tondue, pommadée, frisée, etc.

Le coiffeur de théâtre fournit aux artistes, pommades, fards, perruques, crépés, etc.

Cependant, certains artistes font eux-mêmes leur blanc... il y en a bien qui font leur tête!

Comme caractère, le coiffeur de théâtre fait partie de la grande famille des artistes dramatiques. — Il s'informe de la recette, du succès de la débutante, de la pièce nouvelle;

il sait les engagements prémédités, les pièces en répétition, les critiques des petits journaux, les mutations des artistes, les corrections de la censure, les intrigues de la jeune première et les bonnes fortunes du grand premier rôle.

Il est un peu, — comment dirai-je? — un peu complaisant, il sait faire passer la rampe à un billet qui vient de la salle, ou même du dehors; c'est un habile! Mais, comme dit Figaro son patron : « Il n'y a que les petits hommes qui redoutent les petits écrits. »

XVI

LE COIFFEUR BREDA

Est moins connu, mais non moins intéressant que le coiffeur de théâtres. J'ai sur lui des détails assez curieux.

Il s'agit, — on s'en doute, — du coiffeur des lorettes.

Ces pauvres filles, une fois engagées dans le vice, n'y vont pas timidement : elles ferment les yeux et marchent hardiment sans regarder en arrière, sans regarder en avant.

Derrière est la famille ; devant, — pas bien loin, — l'hôpital.

Elles sont donc isolées complétement.

Avec leurs amies... quelles amies!

Avec leurs amants... tous ingrats !

Avec elles-mêmes... car elles ont beau interroger ce muet qu'on nomme le jeu de cartes, le muet. se moque d'elles sans leur répondre.

Les êtres des foules sont toujours seuls.

Cependant, la lorette a essayé de combler ce vide : n'ayant pas d'amour, ce n'est pas à l'amour qu'elle a demandé des remèdes, c'est à l'argent dont elle vit et pour lequel elle meurt, c'est à l'intérêt qui l'élève et qui la mine ; en un mot, c'est à son portier qui garde son lit et à son coiffeur qui garde son visage.

Le portier, — nous l'étudierons un jour; — pour le moment, occupons-nous du coiffeur.

Comme le coiffeur de théâtres, le coiffeur Breda est *complaisant*. Il sait introduire dans le nid de l'adorée la correspondance amoureuse.

La lorette et le coiffeur Breda font vite connaissance ; parfois même si la lorette est pauvre et le coiffeur beau garçon , la connaissance arrive à l'intimité...

Quinze jours après, le coiffeur n'a qu'à changer de cliente, on ne le paye plus.

Si, au contraire, il a su résister à l'*entraînement*, il est considéré, non plus comme un amant complaisant, mais comme un père complaisant.

Alors, si l'on a besoin de meubles, il sait les trouver, il sait trouver également les bijoux et les cachemires, les dentelles, les robes et les rubans; si l'on est assigné à la justice de paix, il va défendre sa cliente; certains billets doux étant avant-coureurs de certains banquiers, il avance quelque argent pour peu de temps, — surtout l'argent du terme qui l'assure contre un déménagement de sa cliente.

Bref, le coiffeur Breda est le factotum de ces dames. Factotum indispensable, mais souvent terrible, car plus d'une a été désolée de recevoir par son intermédiaire certaine *carte* qu'il n'est pas loisible de refuser.

XVII

LE COIFFEUR VIEILLE COMTESSE

Exploite le faubourg Saint-Germain. C'est le favori des vieilles dames.

— Venez ici, petit. Voyons, l'on m'a dit que vous me faisiez des traits!

— Moi, madame la comtesse?

— Oui, vous! oui, vous! petit badin! Savez-vous que je me fâcherais pour tout de bon, si j'en étais sûre! L'on m'a dit, — c'est le chevalier, je crois, — l'on m'a dit que vous avez coiffé la duchesse de P... — Oh! mon ami, y songez-vous! une folle, une tête éventée, qui chante dans les concerts publics, — comme une *créature*.

— Mais, madame la comtesse...

— Point de réplique! Je veux bien pardonner. — Songez, mon ami, que je m'occupe de votre position. J'ai parlé de vous au vicomte, il vous veut du bien; dans six mois, je pense, vous aurez l'honneur de faire sa première barbe... et... qui sait où cela peut vous conduire?... Allons, Narcisse, venez, mon enfant, approchez le miroir... Ah! vous m'avez rajeunie!

— Madame la comtesse!...

— Non! ne me flattez point. Je vous laisse toute la gloire de ce miracle! Songez que vous ne pourriez l'opérer sur le front des femmes de notre temps ; je suis du vieux siècle, moi ! Voyons, mon ami, soyez confiant, vous êtes jeune, beau, adroit ; faites-vous des vers ?

— Moi, madame la comtesse !

— Peut-être bien que non ! Le précepteur de mon petit-fils vous apprendra à en faire... nous avons besoin d'un Gentil-Bernard. Allons, adieu, au revoir, à demain, petit badin !... je songe à vous !... Quand la cour reviendra, vous pommaderez le dauphin. Mais surtout, n'allez plus chez la duchesse !

XVIII

LA FEMME DU COIFFEUR

Est, en général, jolie, et, — on dirait qu'il le fait exprès, ce coquin-là ! — elle a de beaux cheveux! Cela fait un peu mentir le proverbe : *Les cordonniers sont les plus mal chaussés*.

Elle est jolie, avenante, gracieuse. Comment attendre vingt minutes dans un petit salon le moment où l'on va vous racler la peau, si ce n'est pas une jolie femme qui vous en prie?

C'est pendant cette attente qu'elle se montre véritablement commerçante. Il faut qu'elle occupe le client et que cela lui soit profitable. Elle range des cartons remplis de cravates aux reflets chatoyants, elle remue des épingles ou des boutons de manchettes. Le client parfois s'y laisse prendre.

La coquetterie n'est pas son fort, cela nuirait à ses affaires, car essayer de plaire à l'un serait mécontenter l'autre. Il faut que vertueusement elle séduise tout le monde, dans l'intérêt de sa maison. C'est une tâche difficile dont elle s'acquitte souvent avec bonheur.

La femme du coiffeur est, en outre, professeur de coiffure; elle identifie les femmes de chambre aux mystères de la fausse natte, elle les forme dans l'art de disposer les perles et les fleurs dans les cheveux.

Enfin, dernière spécialité, elle prête sa tête chevelue pour aider son mari dans ses innovations capillaires.

Ah! si la fortune ne tenait qu'à un cheveu, comme les coiffeurs seraient riches! Malheureusement, c'est à un câble qu'elle est nouée!

Maintenant, un mot sur les bureaux de placement.

XIX

LES BUREAUX

L'agent dramatique des coiffeurs est celui qui tient leurs bureaux de placement.

Il y en a deux : Beaumont et Durand. — Tous deux demeurent sur le quai des Orfèvres, sous l'œil de la préfecture de police et en face de la Vallée, où les pauvres ouvriers peuvent voir les volailles qu'ils ne plumeront pas.

Ces bureaux sont ouverts de neuf heures du matin à cinq heures du soir, suivant la saison.

Avant toute chose, je commence par déclarer que ce monopole de placement ne sert ni à l'ouvrier, qu'il ruine, ni au patron, qui n'en profite pas.

L'ouvrier placé par un bureau lui donne une remise sur ses émoluments futurs. Cette remise est variable suivant l'importance de la place. Si l'ouvrier ne la paye pas, le patron chez qui il est placé en devient responsable.

Or, plus l'ouvrier change de place, plus le bureau reçoit d'honoraires.

Admettons, par exemple, qu'un ouvrier donne 5 francs au bureau pour avoir une place de 30 francs par mois. Le bureau l'ayant placé dans une maison qui, par les exigences de sa clientèle, ne pourra le garder, le replacera dans une autre maison semblable huit jours après et touchera encore 5 francs. — Si bien que, par le fait, les ouvriers se trouvent souvent exploités et les patrons aussi.

Mais, direz-vous, pourquoi les patrons ne font-ils pas cesser un tel état de choses?

Ah! oui, pourquoi? — Parce que, s'ils se révoltaient, quand ils auraient besoin d'ouvriers et d'aides, le bureau leur enverrait des incapacités encore plus grandes ou leur répondrait qu'il n'a personne à leur envoyer.

Les *aides,* — ces malheureux dont je vous parlerai tout à l'heure, — sur une journée de 5 francs donnent un franc au bureau. Ceux qui ne donnent que 50 centimes ne sont pas sûrs d'avoir toujours de l'ouvrage; le buraliste leur fait *manger du pavé*, suivant l'expression pittoresque de la profession.

En ce moment, d'autres bureaux se montent, qui, je l'espère, feront une concurrence utile et détruiront ce monopole.

Je viens d'indiquer ses procédés directs pour gagner de l'argent ; voici maintenant les procédés indirects.

L'*Annuaire* et le *Cours de coiffure*.

L'*Annuaire-Beaumont* est l'almanach des coiffeurs. Moyennant une redevance de 20 fr. par an, on a droit de se voir imprimé tout vif dans ce catalogue capillaire.

Le *Cours de coiffure* est ainsi coté :

(Entrée libre pour les dames.) — Pour tous les mardis, 1 fr. — Pour tous les lundis et vendredis, les patrons, 1 fr. ; les employés, 50 cent. — Par abonnement pour toute la durée des classes, 5 fr.

Vous voyez que c'est assez gentil pour des rentiers à 25 fr. par an !

Les classes sont divisées en trois degrés, savoir :

Troisième classe. — Études élémentaires de la coiffure.

Deuxième classe. — Coiffures de genre en cheveux, sans ornement.

Première classe. — Coiffures d'innovations et ornées.

J'extrais maintenant quelques articles du prospectus :

« A la fin des classes, aura lieu un grand concours entre tous les élèves de l'école ; des médailles et des diplômes seront décernés aux élèves qui auront fait preuve de capacité. Ces titres seront accordés par suite de la délibération et du vote des membres du jury, composé des coiffeurs de Paris les plus éminents. Aucun des professeurs de l'école ne pourra faire partie du jury.

» Pour encourager les élèves de l'école, nous annonçons à part les prix que nous décernions les années précédentes. Ils se composaient de médailles d'or, de médailles d'argent, de médailles de bronze, de diplômes, etc.

» Nous ajouterons cette année un PRIX D'HONNEUR, qui sera offert par le jury et le bureau général de placement, et à la suite du concours qui aura lieu dans la grande soirée de coiffure et de distribution de prix dans le mois de décembre prochain.

» Le prix sera dénommé GRAND PRIX UNIQUE DE COIFFURE.

» Je continuerai également l'école de coiffure d'homme, dans laquelle des professeurs distingués démontreront la taille des cheveux, le coup de brosse et le coup de fer des *salons*.

AVIS UTILE

« Des leçons spéciales de dessin seront données aux élèves de l'école Beaumont, pour faciliter l'entente de la coiffure en général, pour saisir le caractère des coiffures historiques, et savoir rendre en *quelques traits seulement* l'ensemble et les *ornements détaillés* que la mémoire ne peut retenir. Ces croquis, à l'aquarelle ou au crayon, formeraient un album indispensable aux coiffeurs-artistes qui en seraient *l'auteur*.

» Le dessin sera donc enseigné par M. G., professeur, peintre et dessinateur de coiffures anciennes et modernes. M. G. démontre aussi, en peu de temps et à forfait, toutes les parties de l'art *si agréable* de peindre et dessiner en cheveux tous les sujets allégoriques et de fantaisie. »

Je remarque que, dans la distribution des médailles de l'année 1859, il n'y a eu que des médailles d'argent... Elles auront probablement été achetées avec la médaille d'or.

Je n'ai pu me rendre à un de ces cours, mais je n'aurais pas été fâché de connaître la théorie du coup de brosse et celle du coup de fer.

J'aurais appris sans doute à couper plus d'air que de cheveux, ce qu'on appelle la musique des ciseaux ; à jongler avec les fers brûlants ; à raser une joue mamelonnée de boutons sans en faire saigner un, etc., etc... Tout cela n'est pas cher pour un franc... Mais, hélas! je saigne toujours quand on me rase et suis toujours brûlé quand on me frise... Il faut croire que je ne tombe jamais sur un prix d'honneur de l'agence-école Beaumont.

A côté de l'agence-école Beaumont, il y a

l'agence-école Durand. L'école Beaumont a dix-huit professeurs. L'école Durand n'en a que seize; mais parmi ceux-ci se trouve en védette l'illustre *Syret* (collaborateur du journal le *Bon Ton*) ton taine! ton ton! — Il en vaut deux, celui-là!

Prenons son prospectus. — Il y a toujours quelque chose à gagner dans les avis imprimés.

Ah! qu'est-ce que je disais?

« Dans les soirées des mardis et des vendredis, plus particulièrement consacrées au genre *fantaisie,* il sera toujours exécuté une *coiffure de mariée.* »

Eh bien, voilà une profession de foi! Et la morale? — Et la mariée?...

Là aussi il y a des médailles — pas en or! — mais de plus, comme au mât de cocagne, il y a des objets d'utilité pratique qui doivent remplir d'émulation les concurrents.

« De plus, nous aurons, en décembre prochain (dans un mois), un **GRAND CONCOURS**, *ouvert à toutes les capacités,* et dans lequel nous offrirons, au moins, les quatre prix suivants :

« **GRAND PRIX DURAND** (du bureau), 100 fr. — **PRIX HAMON** (coutelier, art. coiffeurs), 50 fr. — **PRIX TERREUR** (marchand de cheveux), *une mèche de cheveux de* 90 *centimètres et du poids de* 140 *grammes, estimée à plus de* 50 *fr.* — **PRIX DÉSIRÉ LEFRANÇOIS** (fabricant de peignes), *un beau peigne coiffeur et un lissoir en écaille.* »

Moi, le prix Terreur ne me ferait pas peur, — mais n'étant pas coiffeur, il n'y a pas mèche !...

J'ai oublié de m'informer si les élèves de ces deux écoles, qui représentent assez bien l'École Polytechnique et Saint-Cyr, portaient un uniforme : plat à barbe en tête et rasoir en verrouille. Ce serait le cas de les appeler *capillotechniciens !*

Je vous en ai dit assez sur les bureaux; passons, si vous le voulez bien, à une catégorie curieuse : ceux qu'ils exploitent.

XX

L'AIDE

L'aide est souvent un produit de l'ivrognerie et de la paresse. Cette définition exacte satisfait peut-être peu le lecteur ; je vais lui en donner une autre plus technique.

Les coiffeurs — ou barbiers — ont une clientèle journalière qui est servie par le personnel habituel de la maison. (Ces ouvriers à demeure sont nourris, logés et payés 25,

35, 40 et même 45 fr. par mois, sans compter les pourboires des clients et la remise de 10 p. 100 que leur fait leur patron sur les marchandises qu'ils font acheter).

Mais les dimanches, les jours de fêtes, les soirs de bals, le personnel des ouvriers est insuffisant pour satisfaire la clientèle exceptionnelle ; alors le patron écrit aux bureaux et demande, pour ce jour-là, un, deux, trois aides, suivant ses besoins présumés.

Ce sont, — comme on dit en style de limonadier, — des garçons d'extra.

C'est le vendredi qu'ils sont demandés aux bureaux.

Ils sont payés, — suivant leur capacité, — 3 fr., 5 fr. ou 10 fr. par jour, mais ils n'ont guère qu'un jour de travail par semaine. Ils n'ont donc pas de quoi manger ! mais — beaucoup d'entre eux ont toujours de quoi boire.

Après avoir fatigué de nombreux patrons, l'ouvrier repoussé de partout se fait *aide*. Il n'est possible, dans une bonne maison, qu'un jour ; du reste, sa journée gagnée, il ne tient plus à travailler.

Pour lui, la semaine a six lundis.

Regardez ce grand garçon à la figure fatiguée par les privations et les libations ; aux cheveux longs, graisseux, séparés en deux au milieu du front, comme une poule de Cochinchine ; sa redingote, râpée et sale, dissimule à peine son linge douteux. Son pantalon est terminé par une frange crottée, ses souliers jadis vernis sont ridés et rugueux comme la peau d'un vieux nègre.

C'est un aide !

Où couche-t-il ? — Chez un logeur à la nuit, où il trouve moyen d'avoir crédit parfois. — Où vit-il ? — Dans les bureaux de placement et au cabaret.

Mais au cabaret, il n'entre pas encore facilement, car il faut de l'argent pour consommer; alors... — ma plume n'est cependant pas pudibonde, mais... enfin disons tout.

Dans le voisinage des bureaux de placement il y a certains cafés borgnes où les filles tolérées ne peuvent entrer seules. Cette défense les irrite. Elles cherchent à l'enfreindre par tous les moyens possibles, et c'est l'*Aide* qui vient à leur secours.

Sur le trottoir du bouge, l'une et l'autre rôdent ; bientôt ils se rencontrent, et un moment après ils sont attablés dans l'infect café.

Vous avez compris : c'est la fille qui paye la consommation et la complaisance de l'*aide*.

Il y a un mot qui spécifie ces complaisances-là.

Il est bien entendu que je n'ai dépeint là

que certaines individualités. — Loin de moi la pensée de flétrir une classe entière de travailleurs.

L'aide volontaire — est celui que je viens de dépeindre ; il a tout ce qu'il faut pour travailler, excepté la conduite et le courage.

L'aide forcé — est celui qui sort d'une place sans en avoir une autre, et qui, pour ne pas rester à rien faire, accepte ces journées fortuites de travail.

L'aide novice — vient de province ; il ne sait rien de la vie ni des habitudes parisiennes et se fait exploiter par

Le pilier de bureau.—Celui-là est un vieux *roublard* qui a passé sa vie à être *aide volontaire*, et qui cultive dans ses vieux jours la carotte *capillaire.*

En effet, un novice arrive-t-il à Paris, il est entouré immédiatement par plusieurs piliers de bureaux, qui l'interrogent à qui mieux mieux. Au bout d'un quart d'heure, le provincial étourdi accepte le pilotage de l'un d'eux, et, en attendant une place, ils sortent ensemble pour aller admirer les beautés de la capitale.

Vous ne devineriez jamais quel est le monument qu'a choisi le pilier de bureau pour éblouir le novice? Je vous le donne en mille.

Cette chose qui n'existe pas s'appelle le *Télégraphe*.

Dans un moment, vous saurez ce que c'est.

Le pilier et le novice sortent du bureau du quai des Orfèvres. Je laisse parler le pilier.

— Nous allons aller voir le télégraphe; — ici nous sommes sur le quai des Orfèvres, vous voyez, il y en a beaucoup! Ah! attention, voici une chose curieuse! C'est le thermomètre de l'ingénieur Chevalier. — Bon, 15 degrés — il remonte, hier nous n'en avions que 12. — Comme c'est utile! On ne manque de rien à Paris! — Voilà la statue d'Henri IV. — Nous sommes sur le pont Neuf... c'est un bien vieux pont, on l'a abaissé de deux mètres... Tenez, voyez-vous là-bas le Louvre et les Tuileries? Il y a de beaux tableaux au Louvre ; il faudra voir cela! Nous voici devant la mère Moreaux, qui vend ces fameuses prunes, vous savez!

— Des prunes?... mais le télégraphe!

— Oh! nous n'y sommes pas encore!... On ne passe jamais devant la mère Moreaux sans prendre quelque chose.

— Alors, entrons-y...

— Doucement, je ne veux pas que vous dépensiez votre argent. L'argent va vite à Paris! Pour aujourd'hui, j'accepte ; du reste nous sommes de revue... Avez-vous déjeuné?

— Non, pas encore!

— Prenons une absinthe, nous irons déjeuner après.

Bref, après trois absinthes le novice est affamé, et le pilier, de rue en rue, le conduit chez le *Tortoni* des pauvres, au *Petit restaurant de Londres*, rue de la Fontaine-Molière, où, pour 75 centimes par tête, on a l'air d'apaiser sa faim.

Mais le télégraphe?

Eh bien! le télégraphe, c'est le déjeuner. Voilà ce que le pilier tenait tant à faire voir au novice.

Chez certains coiffeurs, les *aides* sont des objets de luxe.

Voyez par exemple SARAZIN, coiffeur-*ornemaniste*, et VANDAM, le révolutionnaire pileux de la rue Meslay... L'un ne céderait pas un aide à l'autre.

— Tiens ! — dit Vandam en passant à huit heures devant la boutique de son confrère, — Sarazin à un aide aujourd'hui !... Vite, écrivons aux bureaux.

— Sapristi, — dit Sarazin passant à neuf heures devant la boutique de Vandam. — Pourquoi diable a-t-il deux aides ?— Je vais écrire aux bureaux.

A midi, Vandam repassant devant chez Sarazin, est tout étonné de voir trois aides dans la boutique.

Et à quatre heures, Sarazin repassant devant chez Vandam, est stupéfait de voir quatre aides là où il n'en avait vu que deux.

Cette rivalité fait la joie du quartier, et c'est à qui se fera raser ou coiffer pour vérifier le nombre d'aides des deux coiffeurs.

Sarazin surtout ne se plaint pas de cette affluence de monde et recommande toujours « un bon accueil ! »

Simple observation. — Les aides n'ont pas de nom de famille, ils s'appellent Charles, Auguste, Louis, Eugène. — J'en connais même un qui se nomme Antoinette, — il prétend qu'il a été changé en nourrice.

XXI

L'ÉPILEUSE

C'est en général une femme qui n'est plus jolie pour les vieux et qui l'est encore pour les jeunes.

Autant dire qu'elle a trente-cinq ans.

Elle a beaucoup vécu, et vouloir compter les chevelures dans lesquelles elle a passé ses blanches mains, avant l'âge qu'elle possède actuellement, serait un acte de folie.

Elle a des allures mystérieuses : quand on entre chez elle on croit entrer chez une diseuse de bonne aventure.

Dans la maison, dans le salon d'attente tout est silencieux ; parfois, cependant, on entend ces syllabes bizarres qui rappellent les idiomes de l'Afrique centrale :

« Aïe! oye! oh! hin! hen! ouche! etc. »

Toutes ces exclamations proviennent évidemment d'un client qui se fait arracher ses cheveux blancs; sauf pourtant la dernière : « Ouche! » qui semble indiquer par ses deux syllabes que l'épileuse a commis une erreur et a pris un poil gris pour un poil de neige.

C'est avec une pince en acier que se fait l'opération. Elle exige une grande connaissance du cœur humain, car, pour dissimuler la douleur, l'épileuse s'efforce, par une conversation intéressante, de détourner l'attention du patient.

Un lambeau de conversation expliquera au lecteur le fond de ma pensée; les points d'exclamations simuleront le moment où les poils sont arrachés :

« — Vous parlez du vieux temps, monsieur, ah! quand j'étais jeune fille (!), j'étais jeune (!) et jolie (!), j'avais une taille à tenir entre deux doigts (!). Comme on change! Moi, d'abord, j'ai toujours aimé la jeunesse (!). Les joues roses (!), les cheveux blonds (!), la petite poitrine (!) qui bat pour peu de chose (!). L'arrivée d'un cousin (!). Ah! les jeunes émotions (!), les désirs (!), les rêves (!), qui nous les rendra? Oui, vous avez raison, monsieur, le cœur ne vieillit pas (!). Otons les vieux arbres des forêts, et les forêts sont toujours pleines de séve (!). Otons les cheveux blancs, et la tête est toujours jeune (!) et cela rajeunit le cœur (!). —

Là, voilà qui est fait, vous avez vingt ans... Ah! un dernier (!). »

Le vieillard sort heureux et rajeuni, — ce qui lui fait croire qu'il est toujours jeune.

Pour l'épileuse, elle est moins confiante en sa science, elle *s'éteint!*

Et le soir, pour se désennuyer d'avoir vu des vieillards toute la journée, elle va voir son petit amant qui lui dit qu'elle est jolie et qu'elle a vingt ans.

C'est que la véritable épileuse pour les cheveux gris s'appelle la jeunesse et l'amour!

Nota. Ce dernier point d'exclamation n'indique pas qu'elle vient d'arracher un cheveu.

XXI

LA PARFUMERIE

Cette physiologie ne serait pas complète si je ne disais pas quelques mots sur la parfumerie, qui vient si puissamment en aide aux coiffeurs.

Avant tout, je constaterai l'excellence de la parfumerie française sur toutes les autres : Cologne avec son eau, Florence avec ses parfums et Tunis avec ses essences de rose et de jasmin, ont conservé cependant leur réputation, mais le véritable centre de cette industrie est la France et surtout Paris.

Grasse, Avignon, Marseille, Montpellier, Bordeaux, Metz et Nancy sont les villes de province où la fabrication des pommades, savonnettes et vinaigres est la plus parfaite.

Aujourd'hui l'usage des parfums commence à reprendre ; non pas qu'il atteigne l'exagération qui existait à Rome à l'époque des empereurs, mais grâce aux combinaisons des chimistes modernes, les eaux de senteur et les essences font partie de l'hygiène.

Il n'y a pas bien longtemps, qu'on n'employait pour les mains que ce petit savon de Marseille, à nervures bleuâtres, dont l'odeur n'était rien moins qu'agréable ; les femmes seules se servaient des savons à la guimauve et à la rose ; aujourd'hui les moindres savons sont préparés à toutes les odeurs : benjoin, violette, vétiver, mousseline, etc.; ils sont dulcifiés et joignent à leur arome des qualités émollientes et adoucissantes.

Je citerai dans cette spécialité le *savon au suc de concombres*, qui donne à la peau délicate des femmes cette douceur, ce velouté et ces tons clairs et transparents si recherchés par les amateurs.

On devine de quels amateurs je veux parler !

Pendant que je suis sur les savons, je ne puis résister au plaisir de raconter une anecdote.

La marquise de G... avait un amant : le comte P...

C'était un beau cavalier qui l'adorait éperdument et qui, d'ailleurs, était payé de retour.

La marquise de G... était mariée ; — l'anecdote ne serait pas piquante sans cela, — et son mari était un jaloux de premier ordre.

Jamais geôlier ne fut plus sévère, jamais avare ne couva son trésor avec plus de soin.

Cependant le marquis s'absentait chaque soir, à des heures différentes, pour aller au cercle, et la marquise profitait de ce moment pour recevoir le comte.

Or, comment avertissait-elle le comte ?

Les deux amoureux avaient le même parfumeur, et ce parfumeur avait un commis qui avait été gagné par le comte.

Madame la marquise envoyait chercher un savon, et l'odeur de ce savon, dont le comte était immédiatement averti, lui indiquait l'heure du rendez-vous.

Voici l'horloge odorante et amoureuse des deux amants :

Savon à la violette de Parme...........	Huit heures du soir.
— *rose de Turquie*...	Neuf heures.
— *suc de laitue*.....	Dix heures.
— *royal yacht-club*.	Onze heures.
— *spring-flowers*....	Minuit.

Le commis n'était pas dans la confidence ; avec un étonnement qui se conçoit d'ailleurs, sitôt la commande de la marquise livrée, il accourait chez le comte et lui disait par exemple :

— Madame la marquise a pris ce soir un savon au suc de laitue.

— C'est bien, disait le comte ; et il commandait sa voiture pour dix heures.

A la fin de l'année, le marquis de G... reçut une note du parfumeur, sur laquelle il remarqua avec effroi 365 savons extrafins et surfins. Il en fit la remarque à la marquise, qui avoua sa faiblesse, mais promit de ne plus être si prodigue.

Mais elle avait son idée : le soir même le comte recevait un petit billet ainsi conçu :

Cher Comte,

Mon mari aime moins les savons que moi, désormais, si vous le voulez bien, les pommades et les vinaigres les remplaceront : Voici la nouvelle horloge.

Eau de Cologne des Princes....... Huit heures
Eau d'Albion........................ Neuf heures
Pommade Régénératrice.......... Dix heures
Crème Duchesse..................... Onze heures
Lait Prophylactique..:............ Minuit.

L'année finie, le marquis trouva encore une note trop grosse chez le parfumeur ; on changea de nouveau l'horloge. — Ce manége dura cinq ans, et tous les parfums de la terre embaumèrent cet amour, jusqu'au jour où s'étant trompée de pommade, la marquise compromit forcément le comte, qui se trouva nez à nez avec le mari ;... Celui-ci flaira l'adultère et provoqua le comte, qui fut blessé et partit.

Depuis ce temps Mme la marquise de G... ne peut plus sentir les parfums.

Voici mon anecdote contée, elle taquinait le bout de ma plume.

Pour en revenir à nos moutons, et ne pas fatiguer le lecteur, je veux, lui montrer l'importance et les progrès de la parfumerie actuelle. Il me serait impossible de faire une statistique exacte et un état comparatif, mais je prendrai, comme exemple une des premières maisons de Paris, la maison Gellé frères.

Il y a dix ans, cette maison faisait pour 900,000 fr. d'affaires à peu près, aujourd'hui elle en fait pour 1,800,000 fr. c'est-à-dire que les affaires ont doublé.

Elle a un personnel de 125 personnes : 30 commis voyageurs et 95 ouvriers. Sa machine à vapeur, de 25 chevaux, économise au moins une centaine d'ouvriers.

Je renonce à détailler son débit. Quand je dirais que par année elle emploie 90,000 kilos de graisse de porc, quelle expédie 160,000 douzaines de savons, qu'un seul produit : *l'extrait de moelle de bœuf au quinine*, arrive au chiffre de 90,000 flacons vendus, que par mois elle emploie pour 9,000 fr. de verrerie ; 2,000 fr. de porcelaines; — 2,000 fr. de cartonnages, 3,000 d'impressions, et au moins 5,000 fr. d'accessoires tels que bouchons, ficelles, emballages, etc., etc.; quand je vanterais tel ou tel de ses produits, je ne ferais que confirmer le lecteur dans cette idée que la parfumerie a fait d'immenses progrès et prend chaque jour un développement de plus en plus considérable.

Ce que je dis de la maison Gellé frères s'applique également à d'autres maisons importantes, dans des proportions relatives.

Je ne veux pas entrer dans des détails techniques qui ne conviennent pas à cet ouvrage ; il me semble déjà que je suis imprégné d'essence, ce qui n'est pas bien pour un homme; car le proverbe latin subsiste toujours :

« *Male olet qui bene olet; bene olet qui* » *nihil olet.* »

« Sent mauvais qui sent bon; sent bon » qui ne sent rien. »

Mais les parfums d'aujourd'hui, ceux que je viens de citer surtout, sont si fins et si subtils, qu'étant employés sagement ils permettent de modifier la seconde partie du proverbe : « Sent bon qui sent peu. »

XXII

LE MARCHAND DE CHEVEUX

Est un type à part. Il unit la faconde du Gascon à la finesse du Normand.

A mes yeux, c'est un sacrilége, un profanateur ; mais quand j'approfondis la question, s'il dépouille les unes pour les autres, il n'y a pas déjà si grand mal.

Au bout du compte, je ne verrai peut-être

jamais ces petites paysannes dépouillées de leur ornement naturel, et quand bien même je les verrais, elles n'en seraient pas moins jolies, car — il n'y a que les Normandes pour trouver cela — les Normandes se font raser la tête sauf la nuque où se trouve le chignon qu'elles étalent si coquettement au sud de leur haut bonnet. — A l'œil nu, elles n'ont rien perdu, — que dis-je? — vendu ! Et comme on ne va point les trouver dans les métairies à l'heure où elles recouvrent leur serre-tête d'un bonnet de coton, vraiment on aur..it tort de les blâmer...

Puis nos grandes dames ne le souffriraient pas,

Ni même nos jeunes filles,

Ni leurs mères.

Après tout, le terrain est bon, et tête rasée à dix-huit ans n'est que plus chevelue à trente.

Trente ans ! c'est l'âge où les paysannes n'ont plus de beau que leurs cheveux, — mais alors elles ne les vendent plus.

Excusons donc le marchand de cheveux. D'abord il est l'ami des jeunes filles. Mais c'est la bête noire de leurs amoureux.

Il arrive dans le village en cabriolet, comme un dentiste. Autrefois il troquait les chevelures contre des foulards, des bonnets, des petits châles, des rubans, des boucles d'oreilles en doublé; aujourd'hui les paysannes sont moins... Indiennes, elles aiment mieux de bon argent.

Une chevelure *sur pied* (sur tête plutôt), vaut une dizaine de francs. Le marché s'opère séance tenante, donnant donnant.

La fille monte dans la voiture, en cinq minutes elle est tondue, payée, recoiffée et enfuie, car les gars se moquent d'elle.

Ce qui n'empêche pas que sa compagne

n'en fasse autant et qu'en deux heures toutes les filles du village y passent.

Alors le marchand de cheveux n'a qu'à bien se tenir et son cheval n'a qu'à être vigoureux, car les amoureux vexés veulent leur faire un mauvais parti. La boue, les pierres, les injures pleuvent sur la capote du cabriolet. Mais le cheval est solide et le marchand de cheveux habitué à ce dénoûment n'est pas facile à décontenancer.

Le lendemain la même scène se passe au village voisin.

En Auvergne, — à *Ambert, Saint-Anthème, Arlant, Olliargues, la Chaire-Dieu* ou *Riom*, etc., — le marché aux cheveux s'implante au milieu du marché aux œufs et au beurre. Les paysannes, les riches fermières même, — car cette spéculation est un usage dans le pays, — arrivent devant les voitures des marchands de cheveux, et, enlevant leur bonnet, laissent flotter leurs cheveux sur leurs épaules ; alors elles vont de l'un à l'autre, offrant beurre et cheveux avec le même empressement.

Ce marché a vraiment un cachet tout particulier. Les voitures des marchands, surmontées d'un drapeau tricolore et d'une mèche de cheveux, sont rangées en ligne d'un côté ; tout à l'entour errent les paysannes échevelées, avec leurs paniers de légumes et de fruits, les unes conduites au marchand par leurs amoureux, d'autres par leur mère, d'autres par leur mari.

Et le bruit, et les rires, et les injures ! C'est réellement pittoresque.

Le Piémont, l'Auvergne, la Creuse, l'Irlande, la Bretagne et la Normandie sont les pays d'où viennent les plus belles chevelures.

Quand le marchand de cheveux a fini sa

tournée il vient à Paris revendre sa marchandise à des marchands spéciaux.

Ceux-ci la lavent, la dégraissent, la montent en queues, en tours, en bandeaux, ou quand elle est inférieure, l'établissent en barbes, en crépés, etc.

Parmi ces derniers je citerai Burgnion, rue Mauconseil, qui fournit à tous les coiffeurs. Comme Gellé ou Pinaud il leur avance à long terme quelquefois pour mille francs de marchandises et facilite ainsi leur établissement.

Tous les chiffonniers sont marchands de cheveux. Les cheveux de femme arrachés par le peigne fin, enveloppés dans la papillotte, sont, en général, jetés dans les tas d'ordures. Bien des femmes ignorent que souvent ces débris de leur beauté capillaire reviennent sur leur tête dans une natte de peu de valeur.

Cette qualité de cheveux sert à faire le *tête et pointe*, c'est-à-dire une natte dont les cheveux sont attachés indistinctement par la racine ou par le bout.

DERNIÈRES RÉVÉLATIONS. — En cheveux comme en tout méfiez-vous du bon marché. Il y a des nattes d'un mètre de longueur qui coûtent : 3 fr., 6 fr. et 50 fr. Ces différences de prix cachent des piéges.

Quand vous verrez des nattes à 3 fr., ô jeunes femmes, méfiez-vous. C'est comme si vous voyiez à l'entrée d'un joli bois cette inscription fallacieuse :

« Ici il y a des piéges à biches. »

Voici l'explication du rébus :

1° Natte à 3 fr. Deux tiers : crin végétal, chanvre ; un tiers, cheveux de dernière qualité.

2° Natte à 6 fr. — Toute en cheveux de 50 centimètres de longueur fixés en spirale autour d'une corde.

3° Natte à 50 fr. — Cheveux longs d'un mètre, — nature. *Axiome* : Les cheveux qui coûtent le plus cher, sont réellement les moins chers.

Post-scriptum. — Au moment de terminer ce chapitre, je trouve dans la *Revue orientale et américaine* un article très-sérieux de M. Richard Cortambert qui vient compléter mon travail. J'en extrais la note suivante : « On peut évaluer le commerce des cheveux, en France seulement, à une valeur de 1,500,000 fr. Les cheveux, pour être de bon emploi, doivent avoir poussé à l'abri de l'air, n'avoir jamais été crépés et avoir même été très-peu peignés ; c'est à ce titre que les Bretonnes et les Normandes, si connues par leur affreuse coiffure, fournissent les meilleurs. La Normandie et la Bretagne sont loin de suffire aux demandes ; aussi des coupeurs de cheveux exploitent-ils tout le Centre et le Midi, et viennent-ils ensuite à Paris, deux ou trois fois par ans, pour leurs ventes. Le prix des cheveux varie beaucoup ; il n'y en a pas au-dessous de 10 fr. la livre, et il y en a beaucoup qui vont jusqu'à 90 et 100 francs. »

XXIII

LE DESSINATEUR EN CHEVEUX

Lemonnier est le seul qui ait relevé cette profession qui me semble un enfantillage.

Pas plus que je n'aime les tableaux en liége, je n'aime les cimetières en cheveux. Je trouve que ces combinaisons de cheveux, de teintes, de couleurs, ces reliefs faux, ces perspectives escamotées sont d'un mauvais goût déplorable.

Je comprends la chaîne ou la bague en cheveux, j'accorde même la mèche de cheveux en médaillon, mais le tableau !... non, c'est affreux !

Ainsi, vous avez une tresse de cheveux d'une personne aimée, adorée !... Vous donnez cela à un ouvrier qui prend brutalement cette *relique*, la pèse, la jauge, la manipule, y met de la colle, de la bandoline, des essences, la coupe, l'aligne, la mêle avec d'autres cheveux, la hache et finit par vous la rendre en petit cimetière mal fait, honteux et laid.

Non, la relique est souillée ; on ne fait pas de compromis avec les souvenirs, on les garde comme ils ont été donnés ou légués.

Les dessinateurs en cheveux sont les Léotards du dessin, et les Robert-Houdin du souvenir.

Que penseriez-vous d'une personne qui

par affection ferait monter en coupe le crâne de son ami?

Ceci est de l'horreur, les tableaux en cheveux sont de mauvais goût. Mais enfin, puisqu'il y a des gens qui les aiment, il faut bien qu'il y ait des gens qui les fassent.

C'est la seule excuse des dessinateurs en cheveux.

XXV

LES SOIRÉES DE COIFFURE

Figurez-vous, au milieu d'un salon, quatre toilettes dos à dos. Devant chacune, une dame; derrière la dame, un coiffeur; derrière celui-ci, cinquante autres.

La soirée commence.

On coiffe! on coiffe sans interruption, avec art, avec amour, avec rage!

Ce qui n'amuse nullement un visiteur

8

étranger, est palpitant d'intérêt pour un homme du métier.

Et ce sont ces mots prononcés à voix basse :

— « Tiens, il met quatre épingles ! — Comment attache-t-il ses crêpés? — Jamais il ne pourra placer tous ces cheveux-là ? — Et les perles ? — Et les fleurs ! — C'est lourd ! c'est disgracieux ? — C'est joli, c'est élégant ! — Etc., etc....

Tous les artistes sont jaloux.

J'ai assisté à une soirée de coiffure, — non pas en critique ; — en curieux, et je déclare que cela m'a vivement intéressé. Quand je vais voir un drame, j'ai malheureusement l'habitude de ne pas me laisser envahir par la situation. — Hélas ! il n'y en a plus guère de neuves dans le théâtre actuel ! — Je la devance, au contraire, et je m'ingénie à trouver le dénoûment dès le premier acte. Si par hasard, les incidents qui surviennent me déroutent, si je me suis trompé, je quitte le théâtre tout joyeux.

Ainsi, dans cette soirée de coiffure, je suivais avec intérêt l'exécution de différents modèles qui me semblaient très-difficiles à exécuter, et j'admirais ces combinaisons ingénieuses d'ornementation capillaire. Ce qui me semblait merveilleux, c'était la légèreté apparente réunie à la solidité réelle ; c'était de voir une femme possédant peu de cheveux, métamorphosée soudain en duchesse du dernier siècle, grâce à quelques adjonctions de cheveux et de fleurs.

Un homme qui aime une femme pour sa beauté devrait, pour conserver son amour, la munir d'abord d'un coiffeur adroit.

Quand une femme a *fait sa tête*, elle peut faire sa tête et en faire tourner bien d'autres !

Je ne rirai donc pas des soirées de coiffure : elles sont pour moi les derniers vestiges d'une *académie* qui fut célèbre : je veux parler de l'académie de coiffure que Croisa fonda en 1834, et qui malheureusement ne fonctionna que quatre ans.

Comme les coiffeurs riraient de notre société des gens de lettres !

Chez eux, du moins, le bénéfice et la gloire sont le lot des véritables artistes, tandis que chez les gens de lettres, ce sont les moins artistes qui sont les plus estimés : on achète les romans-feuilletons, on méprise les livres sérieux.

Je n'aimais pas Eugène Sue, mais je lui pardonnerais sa renommée, s'il n'avait pas enfanté une école de faux observateurs qui le déconsidèrent.

Tombé à l'eau, je veux bien être mangé par un requin, mais j'ai honte d'être déchiqueté par une sardine.

XXV

LA LITTÉRATURE CAPILLAIRE

N'est pas de première force, cependant elle ne manque pas d'ingéniosité. Voici quelques adresses et poésies recueillies çà et là :

PIERRE BOIS

PERRUQUIER ET AUBERGE

RASE AUJOURD'HUI EN PAYANT ET DEMAIN POUR RIEN

ET ON TREMPE LA SOUPE

GARAMUCHE

REVENANT D'AFRIQUE

A LA MAIN LÉGÈRE, RASE A PIED ET A CHEVAL

ICI ON RAJEUNIT!

Passants contemplez la douleur
D'Absalon pendu par la nuque;
Il eût évité ce malheur,
S'il eût porté perruque!

nourrisseurs du cuir chevelu, préservateur de la chute des cheveux.

Développement et application élégante et habile du grand cachet d'innovation des coiffures modernes.

Service riche en cristal, porcelaine fine et marbre du magnifique lavabo, dit Fontaine de Jouvence, desservi par des Grâces, disposant de tout le nécessaire pour les soins de la toilette.

MAGNIFICENCE ET CONFORTABLE POUR LES DAMES

Salon-Boudoir à l'Orientale, dans lequel les artistes de l'art de la coiffure exécuteront les variations innombrables de mes nouvelles innovations.

Coiffure artistique, 30 c.

Avis important du Résumé

Nouveau système de coiffure, innovation exquise et particulière, choix d'un grand nombre et de l'élite des artistes capillaires d'une dextérité peu commune, salons confortables, service riche, bon goût et propreté, soins extrêmes, perfection du travail (style modèle), et modicité exceptionnelle des prix.

CHANSONNETTE NOUVELLE

AIR : *Jeanne, Jeannette et Jeanneton.*

PREMIER COUPLET

Perruques à 15 fr. et au-dessus

Accourez tous, jeunes et vieux,
Accourez au salon modèle :
J'ai tout ce qu'il y a de mieux,
Et des artistes pleins de zèle.
Amateurs, vous y trouverez
Une invention fort commode :
Ce sont des toupets préparés,
Coiffant à la dernière mode.
Chez Mazy seul que ne vient-on?
Toujours on en sort beau garçon.

DEUXIÈME COUPLET

Coupe à 30 centimes

Je taille avec art les cheveux,
Je suis connu par tout le monde ;
Grâce à mes ciseaux merveilleux,
Dans mes salons la coupe abonde.

Voyez les lions du quartier,
Comme leur visage est à l'aise ;
C'est qu'ils sont venus se payer
Ma coupe de cheveux anglaise.
Chez Mazy seul que ne vient-on ?
On en sort toujours beau garçon.

TROISIÈME COUPLET

Parfumerie MAZY

Accourez aux mille merveilles,
Ouvrez les yeux : je vous propose
Savons, pommades sans pareilles,
Huiles à l'essence de rose,
Du blanc de lys, du rouge fin
Et de ma crème de duchesse,
Donnant la douceur du satin,
Et de l'eau rendant la jeunesse.
Chez Mazy seul que ne vient-on ?
On en sort toujours beau garçon.

QUATRIÈME COUPLET

Coiffures de Mariées

Enfin, pour coiffer avec art
La blonde ainsi que la brunette,

Le peigne, ici, mieux qu'autre part,
Se change en magique baguette.
Belles mariées, jeunes époux,
Viendront à cet artiste habile.
Pour votre coiffure, courez tous
Au *Grand salon de Belleville*.
Chez Mazy, de cette façon,
Accourront plus d'un beau garçon.

XXVI

LES COMPLIMENTS DU JOUR DE L'AN

Les compliments du jour de l'an ne sont plus guère de mode qu'en province. — La poésie n'est plus goûtée à Paris.

J'en ai recueilli quelques-uns :

O vous que mon rasoir embellit sans coupures,
Vous dont mon peigne sait disposer les cheveux,
Clients, n'oubliez pas que je forme des vœux
Pour, — dans cent ans encor! — soigner vos chevelures!

Or, pour que dans cent ans, messieurs, j'existe encor,
— Et puisque jusque-là ma main est condamnée
A peigner vos cheveux plus précieux que l'or! —
Souhaitez-moi la bonne année!

Dieu quel beau jour que celui des étrennes!
Si l'on pouvait changer l' calendrier,
Nous mettrions toutes les semaines
Le premier d' janvier!

Vous tous, Messieurs, qui mirez vos visages,
Réfléchissez sur notre ouvrage,
Vous verrez si la façon
Mérite l'étrenne du garçon.

La barbe est un jardin que souvent on arrose,
Celui qui l'entretient mérite quelque chose.

ÉPILOGUE

Maintenant, lecteur, te voici assez bien accommodé ; ta barbe est faite dans les règles, — j'y ai mis le temps ! — Profite donc de mes observations, et ne sois pas trop dur avec la corporation; laisse-toi frictionner sans rien dire, laisse-toi même écorcher quelquefois. Songe ! songe, ô lecteur ! que l'homme qui tient d'une main un rasoir et de l'autre la tête, pourrait facilement te couper le cou !

PIÈCES JUSTIFICATIVES

Un certain M. Durand, — un des buralistes désignés dans l'article du *Figaro* se permit avec une audace assez impertinente d'envoyer au journal une réponse qui...... le dirai-je?... qui... *frisait* l'impertinence. Cette réponse, fut, — comme on le pense, — méprisée. — Cependant, ne voulant pas refuser satisfaction à un homme attaqué, je répondis ceci à M. Durand.

Paris, 24 novembre 1861.

Monsieur,

Figaro ne s'est jamais refusé à insérer une réponse ou à une rectification. Bien que votre lettre dépasse les limites accordées par la loi, c'est-à-dire le double du passage qui vous concerne, et afin de ne pas être exposé à recevoir une seconde lettre de votre confrère, — elle sera insérée, si vous vous entendez avec lui pour la signer collectivement.

Il y avait en outre un post-scriptum dont je n'ai pas pris copie, mais qui disait que je me réservais de faire suivre cette réclamation de pièces justificatives.

Deux jours après je recevais la lettre suivante, dont le post-scriptum continue à montrer la bonne éducation et la distinction du dit sieur Durand.

A M. LE RÉDACTEUR DU *Figaro*.

Paris, le 26 novembre 1861.

Monsieur,

Je ne puis accepter les conditions que vous me proposez pour insérer ma réclamation contre votre article *les Coiffeurs*, où je suis nommé et où mes actes sont dénaturés d'une manière des plus alarmantes. — Comme je n'ai aucune relation avec mon confrère et que, d'ailleurs, il n'y a rien de commun entre ma maison et la sienne, que la concurrence et la similitude des affaires, je ne vois pas pourquoi j'établirais une solidarité quelconque avec lui en l'engageant à apposer, sur ma lettre, sa signature à côté de la mienne.

Votre plume, égarée par des données inexactes, erronées et malveillantes, a jeté de la boue sur l'enseigne d'une maison jusqu'alors sans tache, et sur le visage d'un homme qui depuis plus d'un demi-siècle était resté sans souillure. C'est bien le moins que vous essayiez de purifier l'un et l'autre sans marchander cette réparation.

J'espère donc que vous vous exécuterez de bonne grâce en publiant ma lettre sans restriction , et qu'après l'apparition de votre prochain numéro, nous en aurons fini avec cette fâcheuse et regrettable affaire.

Veuillez agréer mes salutation respecteuses.

DURAND.

P. S. Vous m'annoncez d'autres articles sur le même sujet, avec accompagnement de pièces justificatives ; c'est votre affaire.

Mais comme il m'est permis de me montrer très-chatouilleux à l'endroit de l'honneur, je vous préviens que si j'y suis mis en jeu d'une manière qui porte encore atteinte à ma délicatesse, je répondrai cette fois, à Bazile, avec la loi du 17 mai 1819, laquelle, vous le savez, met toutes les clabauderies à néant, — et n'admet que des preuves judiciaires.

Quelques jours après, un mandataire se présente et devient si peu *comme il faut* que M. de Villemessant le met littéralement à la porte.

Enfin, le *Figaro* se décide à publier cette fameuse réponse de M. Durand, réponse qui devait lui rendre l'honneur que je lui avais soi-disant enlevé et essuyer la boue que j'avais jetée sur son enseigne et sur sa figure.

O naïveté capillaire !

La voici cette réponse, la voici avec ses impertinences qui ont été enlevées pour en faciliter l'insertion, mais que je rétablis ici (en lettres italiques) pour montrer à mes lecteurs combien les expressions de l'honnête buraliste sont diplomatiques et de bon goût, et avec quelle habileté il se disculpe :

A M. LE RÉDACTEUR DU *Figaro*.

Monsieur,

Vous avez publié dans votre numéro du 21 novembre courant, sous le titre de : *Coiffeurs*, un article dans lequel il se trouve à mon adresse des allégations et des insinuations *d'un style très-sérieux*, contre lesquelles il m'importe de réclamer.

1° Il est dit que les bureaux de placement forment un monopole qui ne sert ni à l'ouvrier qu'il ruine, ni au patron qui n'en profite pas ; — 2° que si l'ouvrier ne paie pas son placement nous en rendons le patron responsable ; — 3° qu'un ouvrier donne 5 fr. pour une place de 25 fr. par mois ; que placé dans une maison qui, par l'exigence de sa clientèle, ne peut le garder, le bureau le replace huit jours après, moyennant la même somme ; que par ces frais les ouvriers se trouvent exploités et les patrons aussi ; — 4° que si ces derniers ne se révoltent pas contre cet état de choses, c'est parce que le bureau ne leur enverrait que des incapacités encore plus grandes, ou leur répondrait qu'il n'a personne à leur envoyer ; — 5° que les aides paient au bureau 1 fr. une carte d'une journée de travail de 5 fr. et que ceux qui ne donnent que 50 c. ne sont pas sûrs d'avoir toujours de l'ouvrage, et que le buraliste leur fait *manger du pavé* ; — 6° *que dans ce moment d'autres bureaux se montrent et feront, je l'espère, une concurrence utile et détruiront ce monopole.*

A cela je réponds catégoriquement : 1° qu'il est inexact que le prétendu monopole des bureaux de placement ruine les ouvriers ; il sert au contraire leurs intérêts ainsi que ceux des patrons, en concentrant sur le même point tout le personnel sans emploi et à la disposition de quiconque en a besoin ; — 2° aux termes de l'ordonnance de police du 5 octobre 1852, le patron peut avancer le prix du placement et le retenir sur les salaires de l'ouvrier. C'est donc nous accuser d'une contravention justiciable que d'insinuer que nous rendons les patrons responsables ; — 3° notre tarif, fixé par M. le Préfet de Police, *et dont je vous fais passer un exemplaire pour votre gouverne*, m'autorise à percevoir 3 fr. [1] pour une place de 30 francs par mois et au-dessous. *Notez bien que* j'accepte ce prix, qui ne m'est pas toujours payé et que je n'exige jamais. Il est avéré dans toute

[1] Dans le texte inséré dans le *Figaro* du 19 décembre, il y a 5 fr., ce qui prouve que je ne m'étais pas trompé.

la corporation, qu'on nous rétribue *ad libitum* [1]. Quant à l'imputation diffamatoire d'une spéculation honteuse, qui consisterait à envoyer dans les maisons des sujets incapables d'y rester, afin de les voir revenir dans la huitaine pour les replacer avec prime extorquée, voici là-dessus une réponse péremptoire. Après vérification de mes livres de placement, je suis en mesure de prouver que les ouvriers coiffeurs restent, en moyenne, de cinq à six mois en place. Voilà comme ils sont exploités et ruinés par nous, qui percevons à peu près la valeur d'une journée de *leur* travail pour leur placement; — 4° que s'il en était selon l'allégation de l'auteur de [2] l'article en question, il faudrait en effet, que nous eussions inspiré un grand effroi à nos clients, car depuis près de soixante ans que ma maison existe, ni mes six devanciers, ni moi, n'avons reçu la moindre réprimande de l'autorité sur la gestion de notre bureau. La déconsidération que vous vous efforcez de jeter sur nous, est donc toute gratuite et ne paraît évidemment être inspirée que par un parti pris de dénigrement; — 5° que notre tarif n'impose à l'ouvrier que 50 c. pour une carte d'aide, valable pour deux jours. Quant

[1] Croyant que je ne sais pas le latin, M. Durand a remplacé *ad libitum* par : à volonté.

[2] Remplacé par : votre.

aux haines et aux rancunes dont vous m'accusez de poursuivre les pauvres ouvriers qui n'auraient pu payer un supplément à ce prix, croyez bien qu'au lieu de ces exigences monstrueuses, les ouvriers trouvent toujours chez moi aide et assistance aux jours d'adversité ; — 6° *que la menace d'une prochaine concurrence, qui nous est jetée comme avec colère, ne peut avoir eu pour mobile que le grand argument de* Figaro.

Je viens donc d'abord, *vous prier de vouloir bien insérer dans le plus prochain numéro de votre journal cette lettre, dont j'espère quelque atténuation aux effets des atteintes que votre article a portées à ma considération et à mes intérêts.*

Et je suis votre respectueux serviteur.

DURAND [1].

Je ne veux pas répondre à cela catégoriquement ; chacun de mes lecteurs peut le faire comme moi.

[1] Remplacé par : Théodore Durand, propriétaire-directeur de l'agence de placement des coiffeurs, 16, quai des Orfèvres, Paris. — J'aime assez le nom de Théodore et la réclame qui le suit.

Je ne convaincrais nullement le nommé Durand en lui disant que concentrer sur un même point tout le personnel sans emploi pour le lui livrer, c'est exposer la France à être mal tondue et suffisamment écorchée.

Que si aux termes de l'ordonnance de police du 5 octobre 1852 le patron peut..... Mais je m'arrête devant le piége qui m'est tendu. D'abord l'ordonnance de police n'est pas du 5 octobre 1852 — elle est du 25 mars. — Et l'article 9 concernant les bureaux de placement est ainsi conçu :

« En l'absence de conventions contraires, le montant du droit de placement indiqué au bulletin pourra toujours être payé au placeur par le maître ou patron, et imputé sur les gages ou salaire de la personne placée. »

Et dans l'*Annuaire-Beaumont* de l'année 1861 cet extrait de l'ordonnance de police inséré à la page 123, est suivi de ces quelques lignes significatives :

« En conséquence, je préviens MM. les patrons qu'ils deviennent *responsables du droit de placement* des garçons qu'ils acceptent de mon bureau, et que la carte non acquittée portera les mots NON PAYÉE : ce sera un avertissement pour engager les patrons à retenir ce droit sur les gages des garçons et de se tenir prêts à m'en verser le montant à ma première demande, qui aura lieu cinq jours après le placement définitif. »

Qu'en pensez-vous, M. Durand ?

Je ne continue pas à discuter ces inexactitudes. Quant à l'humanité du placeur Durand, qui dit que les ouvriers trouvent chez lui aide et assistance aux jours d'adversité, j'ai à ce sujet interrogé plusieurs ouvriers qui m'ont répondu ces mots :

« Ah! on la connaît sa soupe aux choux. »

Sans doute M. Théodore Durand mettait dedans des *pavés !*

Poursuivons notre récit.

Vous croyez, lecteur, que le placeur Durand est satisfait? pas du tout.

Dans son numéro de décembre le *Moniteur de la Coiffure* reproduit mon article du *Figaro* en partie, et le fait suivre des observations suivantes :

Extrait du *Moniteur de la Coiffure* (*numéro de décembre* 1861.)

«M. de Neuville craint le fait des révélations contenues dans son article, et il croit sage de laisser pousser ses cheveux et sa barbe ; qu'il nous permette de lui donner notre opinion sur ce sujet, car il est de notre compétence, monsieur. Après avoir examiné votre photographie, nous avons reconnu, mes amis et moi, que votre visage est trop jeune, trop gai et votre allure trop française, pour prendre celle de Pierre l'Ermite. Qu'avez-vous à craindre? Les buralistes que vous pincez un peu en leur disant la vérité, ont l'air, il est vrai, de toucher aux cheveux, mais jusqu'à présent, n'ont pas touché à la barbe ; vous craignez qu'il ne leur vienne à l'idée de faire un salon dans leur bureau, où le public irait se faire raser, sous prétexte d'employer les ouvriers sans place. Dans ce cas, monsieur, je ne vous conseillerais pas de leur donner votre pratique. Vous craignez aussi de rencontrer les aides volontaires que vous châtiez avec autant d'énergie que de talent.

» Croyez, monsieur, qu'ils sont en très-petit nombre, et que la plupart sont arrivés à cette détestable position après avoir subi toute sorte de malheurs. Ils ne sont pas à craindre, la misère les a tellement engourdis qu'ils n'ont pas entendu ce que vous avez dit d'eux ; mais ne croyez pas que le portrait que vous en avez fait soit perdu pour nos jeunes gens, qui l'ont ramassé et le gardent précieusement. Il est pour eux un préservatif contre les vices qui dégradent l'homme. Enfin, monsieur, la généralité des coiffeurs de Paris ont l'honneur de vous faire leurs offres de service, en vous assurant qu'ils feront leur possible pour qu'il ne vous tombe pas un cheveu de la tête.

» Recevez mes salutations empressées.

» LOISEL. »

Voilà de nouveau le placeur Durand en colère et courant chez son huissier ; il fait rédiger la sommation suivante qu'il envoie à M. H. Picart, directeur du *Moniteur de la coiffure*.

Vous allez voir que le placeur Théodore Durand s'expose à un bon petit procès en diffamation.

L'an mil huit cent soixante et un, le 24 décembre, à la requête de M. Durand, propriétaire-gérant de l'agence de placement des coiffeurs, sise à Paris, quai des Orfèvres, n° 16, y demeurant, pour lequel domicile est élu en sa demeure ; j'ai Nicolas Toussaint Ferasse, huissier au tribunal civil de la Seine, séant à Paris, y demeurant, rue Saint-Honoré, n° 108, soussigné, fait sommation à M. Henri Picart, directeur du journal *le Moniteur de la coiffure*, demeurant au siége du journal, sis à Paris, rue des Petites-Ecuries, n° 19, où étant et parlant à la concierge de la maison dudit :

De, en conformité de l'article 11 de la loi du 25 mars 1822, publier dans le plus prochain numéro de son journal la lettre ci-après transcrite; en réponse de l'article intitulée : *Etude physiologique des coiffeurs*, signé Loisel, publié dans le numéro dudit journal du mois de décembre courant, dans lequel le requérant est désigné. A M. le directeur du journal *le Moniteur de la coiffure*. Monsieur, vous venez de reproduire dans votre numéro de décembre courant, un article du *Figaro*, dans lequel je suis désigné, ainsi que mon agence, de la manière la plus défavorable. Un passage de cet article écrit à mon adresse, est depuis le commencement jusqu'à la fin, comme un flux de dénigrement, de diffamation, de calomnie inqualifiable. Il y est dit entre autres choses, que les bureaux de placement, formant un monopole, exigent 5 francs d'un ouvrier pour une place de 25 francs par mois ; on y admet que cet ouvrier adressé, avec intentions dans une maison qui, par l'exigence de sa clientèle, ne pouvant le garder, il revient dans la huitaine payer un nouveau placement extorqué bien entendu ; que par le fait, patrons et ouvriers sont exploités, et ces derniers ruinés par les bureaux ; que si les patrons ne se révoltent pas contre un tel état de choses, c'est qu'ils ont sujet de craindre que nous ne mettions en quelque sorte leurs maisons en interdit ; que si les aides ne paient pas 1 franc au lieu de 50 centimes pour une journée de travail de 5 francs, ils sont exposés à rester sans ouvrage et à *manger du pavé*. Qu'un folliculaire obligé d'alimenter une feuille légère, satirique, qu'attendent chaque matin un genre de lecteurs avides d'excentricité, de scandales, accepte inconsidérément des données inexactes, erronées, malveillantes, pour construire une espèce de pot-pourrit, où sont travestis, dénaturés des éléments, sources de l'existence de toute une corporation; qu'il trempe à plaisir sa plume dans la boue, dans l'acide sulfurique, et en jette le contenu à la face d'honnêtes gens inoffensifs et sur les enseignes de maisons recommandables, c'est son métier, il a atteint son but, et peut se dire avec Lopez de Véga, pour se justifier devant lui-même : Mon public est mon maître, il faut bien le servir, il faut pour son argent lui donner ce qu'il aime. Mais vous, monsieur, rédacteur d'un journal spécial de coiffures, dont la mission est de transmettre à vos abonnés de la province et de s'échanger des notes favorables à leurs intérêts matériels et moraux; vous, dont il était permis d'attendre quelque réfutation à un article injurieux, capable de porter préjudice à tout ce qui se rattache à la profession de coiffeur, non-seulement vous vous êtes empressé de reproduire cet article, mais encore vous l'avez fait suivre de votre approbation railleuse pour tous, calomnieuse pour moi. Mieux informé et intentionné, comme vous auriez dû l'être dans votre position, vous conviendrez qu'à la place d'un monopole, la concurrence la plus active règne depuis longtemps entre les agences des coiffeurs; que notre tarif, qui vous autorise à percevoir 3 francs pour une place de 30 francs par mois et au-dessous, est un droit pour moi, mais non un fait devenant absolu pour mes jeunes clients; car j'accepte des honoraires que je ne fixe jamais; qu'en fait d'exploitation et de remise relativement aux ouvriers, j'ai la preuve à fournir par mes livres de placement que ces derniers restent, en moyenne, de cinq à six mois en place, après avoir payé au bureau un peu moins de la valeur d'une journée de leur travail; qu'il est matériellement impossible de rançonner les aides en les menaçant de leur refuser de l'ouvrage, puisque pendant au moins dix mois de l'année leur nombre suffit à peine à satisfaire aux deux tiers des demandes qui nous sont adressées; et croyez bien, monsieur, qu'au lieu de ces exigences monstrueuses dont l'article en question m'accuse de poursuivre les ouvriers dans la gêne, ceux-ci ont trouvé et trouvent toujours chez moi aide et assistance aux mauvais jours. Enfin aux imputations mensongères de tant de méfaits et de contraventions, je n'ai plus à répondre que ceci : Ma maison existe depuis près de soixante ans, ni mes six devanciers, ni moi, n'avons jamais été l'objet de la moindre réprimande de la part de l'autorité sur la gestion de mon bureau. *Le Figaro* a déjà fait droit à mes réclamations sur cet article, dans lequel ma considération et mes intérêts se trouvent gravement attaqués, et j'espère, monsieur, que vous voudrez bien en faire autant, en insérant cette lettre dans votre plus prochain numéro. J'ai l'honneur de vous saluer, signé : Durand, directeur de l'agence des coiffeurs, quai des Orfèvres, n° 16. Déclarant à M. le directeur du journal *le Moniteur de la coiffure*, que faute par lui de satisfaire à la présente sommation, le requérant se pourvoira, ainsi que de droit, afin de l'y contraindre. Dont acte sous toutes réserves, et à ce qu'il n'en ignore, je lui ai, à domicile et parlant comme dessus, laissé cette copie. Coût 5 francs 75 centimes.

FÉRASSE.

Que répondre à tout cela? sinon que M. Durand, qui se sent morveux, se mouche, et se mouche fort peu convenablement.

Quelques lettres m'ont été adressées; je les joins à ce volume, comme pièces justificatives.

« Paris, le 22 novembre 1861.

» Monsieur,

» Je viens vous témoigner toute ma reconnaissance pour l'article que vous avez eu la bonté d'insérer dans votre numéro du 21 courant, concernant les bureaux de placement de MM. les coiffeurs. Votre perspicacité hors ligne a tracé d'une manière admirable et vraie tous les défauts et abus qui existent dans les bureaux de ce genre ; mais j'ai l'espérance que celui que je vais ouvrir, par un nouveau mode de gestion, mettra fin, ou du moins fera cesser une partie de ces abus.

» Croyez bien, monsieur, que vos bonnes inspirations seront toujours bien appréciées par toute la corporation, et comme son interprète, je vous adresse mille remercîments.

» Veuillez agréer, monsieur, l'assurance de ma considération la plus distinguée.

» Dufour,

» Coiffeur, 12, rue des Moulins-Saint-Honoré. »

Cela sent bien un peu la réclame, monsieur Dufour ; mais, pour vous prouver que je n'en veux qu'aux mauvais bureaux et non pas aux bons, j'insère votre lettre en vous souhaitant bonne gestion et bonne chance.

~~~~

« Paris, le 22 décembre 1861.

» Monsieur,

» D'après la lettre de M. le directeur de l'Agence de placement des coiffeurs, insérée dans le *Figaro* du 19 décembre, je me vois forcé de vous réclamer quelque chose aussi, une petite place dans votre prochain numéro, si vous le permettez, pour approuver, comme ouvrier coiffeur et au nom de plusieurs de mes collègues, le compte-rendu de M. Lemercier de Neuville, au sujet des coiffeurs, à l'article réservé à MM. les buralistes.

» Après un mois de méditations, M. le propriétaire-
~~~~

directeur-gérant du n° 16, quai des Orfèvres, a voulu se servir du proverbe; il réclame... Il réclame quoi? Contre la critique? Elle est juste; peut-être pas pour lui, mais pour nous; il l'a dit lui-même, c'est une réclame qu'il fait pour son bureau, dans son intérêt personnel probablement.

» On a allégué, insinué, et on a dit la vérité, c'est un fait constaté; c'est à nous de réclamer!

» Et nous réclamons :

» 1° La diminution de nos cartes de placement, comme elles étaient primitivement;

» 2° A être placés suivant nos capacités et notre genre de travail, à seule fin de ne pas être obligés de sortir d'une maison au bout de huit ou quinze jours, pour payer une autre carte, pour être replacés une seconde fois et quelquefois une troisième fois. Ainsi vous déboursez 15 fr. pour avoir une place de 3 fr. 50 c. Si MM. les patrons veulent nous payer davantage, nous ne demandons pas mieux de payer nos cartes 5 fr. et même davantage; mais dans le métier on gagne peu, et par conséquent l'ouvrier est peu payé. Mais MM. les buralistes n'y regardent pas de si près; c'est comme cela qu'ils servent nos intérêts, comme prétend le dire M. le buraliste.

» Si cet état de choses dure longtemps, on ne gagnera que pour payer le buraliste ; et j'espère qu'une pétition sera bientôt adressée à M. le préfet de police, dans l'intérêt de MM. les patrons et de la corporation ouvrière des coiffeurs, pour qu'il y ait une amélioration et une satisfaction générales.

» Je suis votre dévoué serviteur.

» J. J. PELLERIN,

» 16, rue Laffitte. »

~~~~~

« Monsieur,

» Hier, par hasard, je jetai les yeux sur le *Figaro* du 21 novembre, et je lus un article signé de vous et intitulé : *les Coiffeurs*. Comme j'ai l'honneur de faire partie de l'honorable corporation, je ne pus m'empêcher d'admirer la plume qui retraçait si bien toutes les petites ruses du métier ; seulement, à mon faible point de vue, un trait de cette plume manquait au passage qui a rapport aux buralistes. Permettez-moi, monsieur, de vous faire voir un autre endroit assez sensible pour ces messieurs, et dont vous oubliez de parler.

» Nous avons d'abord les cours ou, sous prétexte de montrer aux jeunes gens à coiffer, on leur demande : 1° Cinquante centimes d'entrée ; 2° comme il ne serait pas bienséant de rester avec le chapeau ou la
~~~~~

casquette sur la tête, on vous demande encore dix centimes. Et le plus joli de la chose, c'est qu'on ne leur montre rien du tout ; quelquefois on n'y trouve pas de poseuse (terme technique) ; *d'autre fois*, et le directeur s'en prend à elles, d'autres fois, ce sont les professeurs qui manquent, et c'est la même chose.

» Mais quand l'un et l'autre sont là, ne croyez pas qu'on en montre davantage à ces pauvres moutons qui viennent tout doucement se faire tondre ; du tout, ces messieurs se mettent à exécuter des coiffures impossibles à saisir pour celui qui sait et, à plus forte raison, pour celui qui ne sait pas. Mais cela ne fait rien à la chose ; le principal est que le directeur, à la fin de la soirée, se trouve une soixantaine de francs en caisse ; et le pauvre mouton, en s'en allant, est très-content de ce qu'il a vu, mais il n'en est pas plus savant, seulement il est plus léger de soixante centimes.

» Mais là n'est pas le plus joli côté de l'exploitation, la véritable moisson va se faire. Dans un mois les étrennes. A partir du 1er jusqu'au 31 janvier, ces messieurs partent de chez eux à dix heures du matin, un volumineux paquet sous le bras, comme de simples commis libraires. Quel est cet énorme paquet, me direz-vous ? Eh ! mon Dieu, ce sont des annuaires que ces messieurs veulent bien offrir aux patrons à l'occasion du jour de l'an ; car cette fois il ne s'agit pas des ouvriers, mais bien des maîtres. Voilà à peu près comment les choses se passent : s'il s'agit d'une bonne maison, les compliments abondent ; ils demandent des nouvelles du mari, de la femme, des enfants, du chien, du chat ; alors la conversation dure dix minutes, et rapporte en moyenne dix francs (pour ne pas exagérer) ; s'il s'agit d'une maison ordinaire, elle ne dure que cinq minutes et rapporte cinq francs ; là on demande seulement des nouvelles de monsieur et de madame. Mais pour les maisons de troisième ordre, comme elle ne rapporte que trois francs, elle dure juste le temps de donner et de recevoir. Le malheureux patron envoie bien au diable le buraliste quand il est parti ; mais, en attendant, il en est pour ses trois francs qu'il mettait peut-être de côté pour payer son terme. Mais refusez donc trois francs à un homme qui vient vous les demander, quand vous êtes suceptible d'avoir besoin de lui du jour au lendemain. Il est vrai qu'on a de la marchandise pour son argent, et que, pendant un an, on peut lire le nom et l'adresse de ses confrères de Paris, de la province et l'étranger, ce qui est très-utile. Quant au buraliste, ça lui est bien égal ; pourvu qu'il empoche ; il ne demande pas autre chose, et à la fin de la journée, au lieu de son volumineux paquet de livres, il a des écus plein ses poches. Ah ! c'est un bien joli placement que celui de l'Annuaire qui peut bien coûter quinze centimes et qui rapporte en moyenne cinq francs. Voilà, monsieur, ce que j'aurais voulu voir dans votre article, ce qui prouve une fois de plus que patrons et garçons sont exploités par *MM. les buralistes.*

» Faites, monsieur, de ma lettre ce que bon vous semblera, et veuillez croire à ma parfaite considération.

» ANTOINETTE.
» Aide volontaire. »

A M. DE NEUVILLE.

« Paris, le 29 novembre 1861.

» Monsieur,

» Je lisais ces jours derniers dans le *Figaro* du 21 novembre, un article signé de vous, au sujet de la corporation des coiffeurs, et j'étais vraiment surpris de voir avec quelle exactitude vous avez dépeint l'intérieur des bureaux de placement de notre corporation.

» Car il est impossible de rester vingt-quatre heures dans un de ces bureaux sans reconnaître trait pour trait les types de ces ouvriers que vous avez qualifiés à juste titre d'aides volontaires.

» Au mois de février dernier, par un froid assez piquant, je me trouvais sans place, et je fus obligé, comme vous devez le penser, d'aller au bureau. Il était à peu près neuf heures du matin ; aussitôt il fut envahi de ces artistes capillaire, qui venaient se grouper autour du poêle.

» L'un d'eux, que je crus reconnaître pour un Marseillais, voyant une figure qui ne lui était pas encore connue, quitta pour un instant sa place et me tint à peu près ce langage.

» Après m'avoir fait quelques accolades de rigueur, m'avoir demandé s'il y avait longtemps que j'étais à Paris, et, selon mes réponses négatives, il reprit :

» — Comment ! voilà six mois que vous êtes à Paris, et vous venez vraiment pour vous placer ; mais c'est absurde, et vous ne connaissez pas le vrai bonheur. Faites comme nous, faites des aides.

» Ah ! si tous les jeunes gens avaient notre caractère, les patrons courraient longtemps pour avoir des ouvriers.

» Car quelle existence plus douce que de ne travailler que deux jours par semaine, et encore ces deux jours sortir à sept heures. Total, il nous reste encore cinq jours à flâner, et surtout pas de tresse ni de nettoyage! Ces deux choses seulement valent leur pesant d'or. Oh! oui, si nous avions seulement cinquante centimes par jour à dépenser, aucun de nous ne travaillerait.

» Allons, monsieur, continuez votre œuvre ; c'est une œuvre charitable que vous accomplissez, car par la critique vous remonterez le moral aux jeunes gens qui pourraient avoir des idées si peu hautaines. Plus tard, nous vous remercierons de la purgation par vous faite à notre corporation, et nous ne rougirons plus en société de dire notre profession, car vous l'aurez remise à la place qu'elle devrait déjà occuper.

» Dans cette attente, recevez mes salutations respectueuse,

» GUSTAVE VIGIER-LAFOSSE,

» Ouvrier coiffeur, rue Louis-le-Grand, 8, Paris. »

FIN.

www.ingramcontent.com/pod-product-compliance
Ingram Content Group UK Ltd.
Pitfield, Milton Keynes, MK11 3LW, UK
UKHW021045200726
13857UKWH00003B/825